팔팔 끓고 나서 4분간

팔팔
끓고 나서
4분간

정우련 소설집

산지니

차례

통증 … 7

까마귀 길들이기 … 39

우리들 … 73

말례 언니 … 115

팔팔 끓고 나서 4분간 … 147

처음이라는 매혹 … 179

만선 … 207

작가의 말 … 235

통증

그들은 서해안고속도로를 달리고 있었다. 출발할 때는 그녀가, 휴게소를 두어 번 지나서는 그가 운전대를 잡았다. 한내읍에 있는 그의 작업장으로 가는 길이었다. 조각가인 그는 한내읍에 20년째 작업장을 갖고 있었다. 그곳에 작업장을 둔 데는 이유가 있었다. 한내읍은 그가 평생을 매달린 돌, 오석의 국내 유일한 산지였다. 그가 유학했던 이탈리아의 카라라처럼 석산이 있고 아름다운 바다가 있었다. 노트북 놓을 책상 하나만 달랑 있으면 어디서든 작업이 가능한 그녀와는 달리 그에게는 넓은 공간이 필요했다. 도시에서는 그만한 공간을 구하기가 쉽지 않았다. 동력을 쓸 공장, 조각 돌 재료와 작품을 보관할 창고, 손님 맞이할 스튜디오, 숙식을 해결할 숙소까지 갖추어야 했다.

그 때문에 그들의 집에서 4시간 30분씩이나 걸리는 먼 거리를 감수할 수밖에. 그는 한 번도 멀다고 느낀 적이 없었지만 늘 시간이 아쉬운 그녀에게는 부담스러운 거리였다. 방학이 되면 그는 한내읍의 작업장에서 살다시피 했다. 학기 중에는 주말이나 연휴가 끼어야 갈 수 있었으니까. 어쩌다 두어 주만 비워도 마당에는 제멋대로 풀이 자랐다. 연탄보일러가 꺼진 숙소 방바닥은 습기가 올라오고 벽 틈에서 지네가 기어 나왔다. 겨울이면 수도관이 터지고 장마철이면 누수를 막느라 애를 먹었다. 갈 때마다 난방이며 청소도 여간 성가신 게 아니었다. 그 귀찮은 일들이 기다리고 있는데도 그는 늘 한내읍에 마음을 두고 살았다. 작업대에 돌을 올려놓고 눈을 맞출 생각을 하면 어쩔 수 없이 마음이 설레었다.

창밖으로 추수가 끝나가는 들판이 끝없이 펼쳐져 있었다. 시야가 탁 트인 앞 유리창 밖으로 새 떼가 들판 위를 한꺼번에 날아오르는 모습이 보였다. 그들은 동시에 새 떼를 보았다. 그녀는 수첩에 '차창 밖으로 새 떼가 날아올랐다'라고 쓰고 재빨리 새 떼를 드로잉했다. 메모 뒤에 드로잉을 하는 것은 그에게 배운 습관 중 하나였다. 그녀는 마치 자신이 새 떼가 되어 날아오르는 듯한 해방감을 느꼈다. 그럴 수 없이 기분이 좋았다. 봄날 모심기가 끝난 찰랑

찰랑하게 물 댄 논, 벼가 푸르디푸른 여름날, 누렇게 익어가는 가을 들판, 눈이 쌓인 하얀 논을 바라보는 것. 그들은 사계절 그 모든 길의 풍경을 좋아했다.

그가 문득 그녀를 흘낏 봤다. 무언가에 화가 잔뜩 난 얼굴이었다. 며칠 전 병원에 다녀온 뒤부터 줄곧 그랬다. 수술 날짜가 가까워진 탓에 예민해진 것인가. 그녀는 내심 그리 짐작할 뿐이었다. 그는 40여 년 전 베트남 참전 용사였다. 크레모아 지뢰가 터지는 바람에 온몸에 파편이 박힌 채 겨우 살아남았다. 목숨을 구한 것이 기적이라 했다. 그 때문에 방학을 이용해 대략 3~4년 간격으로 파편 제거 수술을 해왔다. 그래도 여전히 수십 개나 되는 자잘한 파편이 몸속에 남아 있었다. 의사는, 파편이 이제는 제 살처럼 자리를 잡아서 건드리다 덧날 수 있다고, 불편하지 않으면 그냥 두라고 했지만 그는 어쩐 일인지 수술에 집착했다.

그가 문득 입을 열었다.

—예전에 혼자 살 때, 음악 볼륨 크게 올리고 이 길 지나노라면 참 행복했었는데. 지금은 안 그래. 무거워. 날아오르는 새 떼나 사철 바뀌는 저 아름다운 논의 풍경조차 가슴에 다듬잇돌을 눌러놓은 듯 무겁기만 하니. 어쩌다 이렇게 된 건지 모르겠어.

그녀는 노트북 앞에 앉아 있다가 그에게 물벼락을 맞은

어느 새벽처럼 정신이 번쩍 들었다. 얼른 음악 소리를 줄였다. 작업하느라 밤새고 들어온 남편은 쳐다보지도 않고 노트북 앞에 앉아 있어? 물벼락을 치고도 화를 주체하지 못하던 그의 목소리가 퍼뜩 떠올랐다. 결혼 3~4년 차가 지나가면서 그들은 자주 다투었다. 둘 다 재혼이었다. 어디 있다 이제야 나타났느냐고. 좀 더 빨리 만났어야 했다고. 서로 눈만 봐도 엉겨 붙던 다감한 시간은 그리 오래 가지 못했다.

 ―운전하고 있는 내 옆에서 수첩을 꺼내놓고 무언가를 끄적이는 당신을 보면 참 기분이 더러워. 저년은 나를 유령으로 만들어놓고 무얼 저리 골똘히 생각하고 있나 싶어서.

 바로 그것이었나. 그녀는 임박한 수술 부담 때문인가 했던 자신의 무신경을 자책했다. 어쩐지 조마조마하던 마음이 없진 않았다. 비로소 실체가 잡히는 기분이었다. 어린 시절, 일기 쓰는 것을 유독 싫어하던 계모 생각이 났다. 백열등 아래 엎드려 일기를 쓰고 있으면 불같이 화를 내었다. 내가 구박한 거 찌리 다 써서 니 애비한테 고대로 일러바치라 그래. 계모는 문맹이었다. 의붓자식이 무언가를 쓰고 있는데 해독 불능의 깜깜한 문자였으니. 두렵고 아득했으리라. 계모는 30촉 백열등을 꺼버리는 걸로 그 두려움이

덮일 거라고 생각했던 걸까. 외항선원인 아비가 돌아와 어쩌다 어린 딸아이의 일기장을 뒤지기라도 하면 그 옆에서 계모의 얼굴은 하얗게 질리곤 했다. 정작 어린 그녀는 일기장에 계모에 대한 험담 따위를 쓴 적이 없었다.

―내가 소설 쓰는 여자를 본 적이 있어야 알지. 음악가, 사업가, 학자, 공무원, 누구랑도 못 살 거야. 더군다나 나 같은 예술가한테는 최악의 상대라구. 남들 다 끌어안고 잘 밤에 앉아서 글 쓰고 책 보면서 혼자 어느 하늘 아래를 헤매 다니며 어떤 놈을 만나고 다니는지. 아침에는 늦게 일어나서 약 먹은 병아리처럼 빌빌거리며 해주는 밥을 무슨 맛으로 먹느냐구. 소설 쓰는 놈들하고나 살면 몰라. 당신, 소설가들 좋아했다면서 소설가하고나 살지 왜 나한테 왔어.

정으로 돌을 쪼듯 하는 말투에 그녀는 기가 질리는 기분이었다. 그와 살림을 합친 뒤 그녀는 두문불출했다. 전람회 일자가 잡혀 있었고, 그는 학교 석조장과 한내읍 작업장을 오가며 무섭게 작업에 몰두했다. 그녀는 그의 작업과 작품을 좋아했고 무엇보다 존중했다. 기꺼이 내조할 마음이었다. 소설이 뒷전으로 밀려나는 건 한순간이었다. 전람회 날짜가 바짝 다가왔을 때, 그는 그녀에게 마광작업을 도와달라고 청했다. 조각 돌 표면에 사포질을 해서 광택을 내는 마광작업은 보기보다 예민한 일이었다. 거친 돌 표면이 유리알처럼 반짝반짝 빛날 때까지, 거친 사포부터 보드라운 사포까지 호수를 높여가면서 끝없이 문질러야 했다. 그렇다고 또 너무 문질러대면 안 됐다. 형태가 조금이라도 사라져버리면 안 되는 예민한 작업이었다. 적당한 선에서 멈추기 위해서는 늘 긴장해야 했다. 자신의 문장을 그처럼 반짝반짝 빛날 때까지 갈고 닦아도 시원찮을 시간에 돌이라니. 그녀는 자신이 왜 여기서 이러고 있는가 한심했다. 묵묵히 글 밭을 일구어나가는 동료작가들의 신간을 읽다 보면 정신이 번쩍 들었다. 그것은 위안이면서 통증이었다. 어느 날 문득, 그녀는 어디서부턴가 자신이 길을 잃어버렸다는 것을 깨달았다. 무엇을 어떻게 되짚어 가야 할지 막막했다. 갱년기와 함께 느닷없이 찾아온 그 느낌은 흰옷에 남은 묵은 얼룩처럼 지워지지 않았다. 도무지 문장이 되지 않는 지옥 같은 날들. 숨길 수 없는 것이 어디 감기와 사랑 뿐일까. 소설가가 소설을 쓰지 못하는 것도 금방 탄로 나고 마는 일 중 하나였다. 그녀는 초조했다. 자다가도 벌떡 일어나 책상에 앉았다. 하지만 잠들지 못하는 밤에 책상에 앉는다고 글이 되는 것은 아니었다. 어디에도 호소할 길 없는 피로감이 쌓여갔다.

　─난 당신 만나기 전에 혼자 살 때는, 아침 7시면 바로

학교 석조장으로 올라갔어.

그가 무슨 이야기를 꺼내려는지 짐작하고도 남았다. 그는 아침 6시 전에 일어나 손수 밥을 지어 먹었다. 설거지 행주까지 꼭 짜서 탈탈 털어서 널어놓으면 바로 작업화 끈을 맬 수 있었다. 학교 석조장까지는 1~2분이면 도착했다. 그가 재직하고 있는 미술대학의 조소과 강의는 작업장에서 이루어지는 실기 수업이 많았다. 작업복 차림으로 가능한. 학교 작업장 밑에 방을 얻은 건 작업복을 입고 벗는 시간조차 아까워서였다. 눈썹까지 하얗게 먼지를 뒤집어쓰기 일쑤인 그의 작업 강도는 막노동 이상이었다. 평상복으로 갈아입었다가 작업복을 입는 일이 성가셔서 그는 웬만해서는 작업복을 벗지 않았다. 늘 작업복을 입고 있으면 언제라도 바로 작업에 들어갈 수 있으니까. 학교 밑에 자취방을 얻은 것도 그 때문이었다. 집주인은 그의 입성을 보고 학교 신축공사장 인부이겠거니 했다. 집주인이 반갑게 방문을 열어 보였다. 빈방에는 쫙 깔아놓은 빨간 고추가 꾸덕꾸덕 말라가고 있었다. 집주인은 고추가 이리 잘 마를 정도로 여름에는 시원하고 겨울엔 따뜻한 집이라고 생색을 냈다. 앉은뱅이책상 하나를 놓고 아랫목에 이불을 깔고 누우면 맞춤한 방이었다.

—오전 10시만 되면 학교 석조장 작업대 위로 햇살이

쫙 들어와 앉는다구. 잠시 드릴을 놓고 커피 한 잔 마시면서 작업대 위에 올려놓은 돌을 들여다보면 얼마나 행복한지 몰라. 돌과 대화를 나누는 시간이라고 해야겠지. 긴장한 수험생처럼 딱딱하게 굳어 있는 저 돌. 어디부터 깰까, 어디서부터 파고 들어가야 형태가 보일까. 이리저리 들여다보면 어느 순간 곧 탄생할 형태가 딱 보인다구. 그 심정을 미켈란젤로는 '저 돌 속에 숨은 여인을 탈출시키라'고 했지. 고도의 영감과 집중력의 극치에서 나온 말이야. 그게 바로 조각가에겐 결정적 순간이고. 그 짜릿한 희열이 작업을 밀고 나가는 힘이겠지. 나무에 결이 있듯이 돌에도 결이 있다구. 어떤 물질이든 결을 거스르지 않고 깨나가야 스스로 제 몸의 긴장을 풀지. 몸을 열고 긴장이 풀린 돌을 깨는 거야 두부 자르기보다 쉬운 일이야. 남들은 그 큰 돌을 어떻게 깨냐고 놀라지만 알고 보면 다 요령이 있는 거라구. 최 선생님은 권투하듯이 한 번 탁 하고 쉰다고 하고, 김 선생님은 돌을 한참 노려보다가 바짝 깎고 쉰다고 표현하셨어.

최 선생님과 김 선생님은 그의 은사님들이었다. 그녀가 늘 흥미롭게 듣던 돌 이야기 중에는 그 은사님들의 이야기가 많았다. 하지만 자신의 소설이 그에게서 존중받지 못한다는 자괴감에 사로잡혀 돌 이야기조차 그녀에겐 심드렁하게 들렸다.

—사람 마음도 그리 돌 깨듯 결을 알아주면 좀 좋아.

그녀는 혼잣말을 했다.

—뭐라고?

그가 귀를 바짝 갖다 댔다. 그녀의 마음은 그믐밤처럼 스산해졌다. 술 취한 사람과 운전하는 사람 기분은 건드리지 않는 게 상책인데, 통제할 수 없을 정도로 마음이 어긋나기 시작했다.

—당신은 내가 통장에 인세가 막 찍혀 들어오는 유명작가였어도 나를 최악의 상대라 말했을까. 그저 무명이라고 무시하는 거지.

이건 아닌데 하면서도 말이 저 먼저 튀어 나가버렸다. 자기연민에 빠지면 싸움에서 지는 것이다. 동네 아이들 싸울 때, 아비 없는 아이가 제 설움에 겨워 아무 맥락 없이, '너 울 아버지 없다고 나 깔보는 거지' 하는 거랑 진배 없다.

—거기에 왜 인세 이야기가 나오나.

차가 마이산이 보이는 진안휴게소로 막 들어서던 참이었다. 그는 휴게소 주차장에 거칠게 차를 세웠다. 단체 관광객을 태운 버스 한 대가 맞은편 쪽에 주차를 했다. 곧 등산복 차림의 중년 남녀들이 막 주차한 버스에서 차례로 내렸다. 그는 사이드 브레이크를 성질대로 바짝 올렸다.

—당신 지금 내가 돈 때문에 이런다고 생각해? 나는 조각해서 돈 벌겠다는 생각을 해본 적이 없는 사람이야.

그는 오래전 자신의 학위청구전에 오신 스승이, 김 상사는 추상에 문제가 있네, 라고 하던 순간 돈과는 멀어졌다고 말하곤 했다. 베트남전에 갔다 온 복학생 시절에 얻은 그의 별명이 김 상사였다. 스승은 구상으로 이름난 분이었다. 망치질이며 구상 솜씨가 빼어났던 그는 스승의 작업에 자주 불려 다녔다. 그럴 때마다 과분한 칭찬을 들었다. 추상에 문제가 있네, 라는 말은 추상에 재능이 있다는 뜻이었다.

—구상을 했으면 돈방석에 앉았겠지. 어쩌면 선생님은 그것을 경계했는지도 몰라. 선생님은 미술학원으로 빠진 친구들을 아주 싫어하셨거든. 매일 입시를 위한 데생이나 가르치면서 무슨 상상력이 나오겠어. 애들이 돈으로 보일 텐데. 돈이 앞으로 들어오면 예술은 뒷구멍으로 도망치는 거야, 하셨지. 그 말이 얼마나 두려웠던지. 대학에서도 미술학원 하던 사람은 잘 안 받았어. 그런데 내가 돈 때문에 당신한테 글 쓰지 말라고 한다? 사람 우습게 만들지 마. 당신 처음에 나한테 뭐라 그랬어. 나하고 살면 글 안 쓰고 살 수 있을 거 같다고 하지 않았어? 학교 밑구멍에 있던

고추방에 살 때 말이야.

그녀가 쿡 웃음을 터뜨렸다.

―사람이 기분 좋으면 야, 나는 이제 죽어도 호상이야 하면서 호기도 부리잖아. 그럴 때마다 너 왜 안 죽느냐고 따질 거야? 그걸 무슨 약속의 말이라고. 좋을 때 무슨 소릴 못해. 당신은 작품 팔면 다 나 준다 해놓고, 언제 한번 줘본 적 있어?

―제작비 하느라 그랬지. 내가 뭐 허튼 데 썼어?

―거봐요. 당신도 기분 좋을 때 한 말이었겠지. 그게 무슨 이유가 된다고.

―그러니까 내 말은. 한집안에 예술가가 하나 나오기도 힘든데 이건 둘이나 되니. 익중이 집사람 봐. 같은 미술가 지망생이었지만 1년을 버티다 결국은 남편을 위해서 자기가 예술을 포기했다잖아. 지금은 성공한 사업가가 되어 남편을 지원하고 있으니 서로 윈윈한 셈 아니야?

―그건 당신 생각이고 익중 씨 집사람한테 물어보면 다를 수 있지.

그는 걸핏하면 헌신적인 예술가 아내들의 목록을 그녀 앞에 들이대곤 했다. 그녀는 그다음에 무슨 말이 나올지 훤히 알고 있었다.

―광호 형은 형수가 일인 칠팔 역이야. 개인비서나 마찬

가지지. 사진까지 배워서 형 작업하는 것 다 찍어갖고 포토북을 만들었더라구. 최 선생님 사모님도 못 말리지. 선생님이 젊을 땐 말술이었거든. 병이 난 이후부턴 사모님이 완전히 건강관리사가 다 됐어. 늘 과일칼을 갖고 다닐 정도야. 공항 검색대에서 과일 깎는 칼이 걸려 한 시간을 붙잡혀 있었단 일화가 아주 유명하지.

ㅡ그 사람들의 경우를 왜 일반화시켜. 우리하곤 사정이 다른데.

그녀는 더 이상 듣고 싶지 않았다.

ㅡ아니 요즈음 누가 소설을 읽는다고 그딴 걸 쓰고 앉았나. 나는 글 쓰는 여자가 싫어. 엄마도 당신 글 쓰는 거 안 좋아해.

엎드려 일기를 쓰는 의붓자식 앞에서 계모가 30촉 백열등을 딱 꺼버렸을 때처럼 눈앞이 캄캄했다. 어린 그녀는 어둠 속에서 계모가 잠들 때까지 기다리며 일기에 쓸 다음 문장을 떠올리곤 했다. 그러다가 잠들어버리기 일쑤였지만. 다음 날 아침 눈뜨자마자 간밤에 생각했던 문장을 일기에 옮기느라 애를 먹곤 했다. 계모는 어린 그녀를 어이없는 얼굴로 내려다보며, 조막만 한 기 참 같잖네, 하고 혀를 끌끌 찼다.

ㅡ내가 지금 사춘기 여고생이야? 유치하게 무슨 진학

상담하는 것도 아니고. 어머니야 옛날 사람이라서 이해를 못 한다고 쳐. 당신은 예술가라면서 자기 예술만 소중하고 남의 건 그딴 것이라고?

그녀의 목소리에 잔뜩 화가 묻어났다.

―당신 또 말꼬투리 물고 늘어질 거야? 말 참 되-게 못됐게 한다.

―못된 게 아니라 바른 말이지.

―진짜 정떨어지게 또박또박 말대꾸할 거야? 여자가 어쩜 그리 하나도 질 줄을 몰라, 응? 그 사람은 내가 무슨 말을 해도 언제나 아무 말 없이 보살처럼 웃었다구. 너처럼 그렇게 나한테 각을 세우지 않았어.

―그런 훌륭한 보살님하고 왜 헤어졌대? 지금이라도 진가를 발견하셨으면 그 보살님 데려와 살든가.

그녀는 발작적으로 차 문을 열고 밖으로 나갔다.

―뭐라고?

그도 덩달아 벼락같이 운전석 문을 열었다. 그는 그녀에게로 거칠게 다가왔다. 금방이라도 욕설이 튀어나오거나 생수병이라도 날아올 것처럼 위태로웠다. 연애할 때, 서로 실패한 결혼 이야기를 털어놓은 뒤로는 전처나 전남편에 대해서 일절 함구하자고 재차 강조한 건 그였다.

―당신이 반칙했잖아.

그녀의 목소리가 높아졌다. 새집 지어 사는 것보다 헌집 고쳐 사는 게 몇 배나 더 골치 아픈 거야. 그와 연애한다는 걸 알고 건축 리모델링을 하는 오빠가 한 말이었다. 얘, 아시 선 밥이 다시 선 법이다. 혼자 살면 편할 텐데 무슨 재혼? 있는 남편도 귀찮을 나이에. 막내이모도 고개를 모로 돌렸다. 그녀의 어깨에서부터 스르르 힘이 빠져 달아났다. 노트북 앞에서 물바가지를 고스란히 뒤집어썼던 치욕스러운 순간도 떠올랐다. 책상이며 책장, 노트북 자판기까지 푹 젖어버려서 황급히 서비스 센터에 갔었다. 마무리 직전의 원고가 날아가 버렸는데 복구 불능이었다. 그때의 분노가 다시금 되살아났다. 여긴 집 안이 아니라 바깥인걸. 남들 눈도 있는데 자기가 어쩔라고. 그녀는 내심 불안한 마음을 달랬다. 그의 단단한 손이 차에서 내리는 그녀의 어깨를 거칠게 끌어내렸다. 등산복 둘이 남의 부부싸움을 호기심에 찬 눈으로 힐끔거리며 지나갔다. 그녀는 그의 손을 뿌리치면서 충동적으로 말했다.

─당신은 싸울 때 보면 영판 노가다 십장 같아.

그의 얼굴이 하얗게 질렸다. 그녀는 그의 놀란 얼굴을 뒤로하고 휴게소 쪽으로 걸어가 버렸다. 무심한 늦가을 햇살이 그들의 어깨 위로 쏟아져 내렸다.

* * *

작업장이 있는 숙소로 오는 동안 그는 한마디도 하지 않았다. 그녀 또한 굳게 입을 다물어버렸다. 도착해서도 마찬가지였다. 그는 청소를 하느라 온 집 안을 뒤집으면서도 그녀를 마치 유령 취급했다. 비워둔 집은 손볼 곳이 한둘이 아니었다. 그녀는 숙소 바닥에 말라 죽은 벌레들을 빗자루로 쓸어 담았다. 붉은 배를 뒤집고 죽은 손바닥 길이만 한 지네만 해도 대여섯 마리가 넘었다. 숙소를 정리한 뒤 텃밭으로 나갔다. 지키는 사람 없이 홀로 익은 끝물 토마토며 푸성귀들을 따서 수프를 끓이고 늦은 저녁을 지었다. 그는 건성으로 한술 뜨고는 스튜디오로 들어가 버렸다. 시골 마을의 밤은 일찍 찾아왔다. 그녀는 설거지를 하고 하릴없이 TV 채널을 이리저리 돌리다 잠들었다. 숙소와 벽 하나를 사이에 둔 스튜디오에서는 늦게까지 음악 소리가 들렸다.

잠결에 창밖에서 한 줄기 푸른빛이 번쩍하고 지나갔다. 이내 천둥소리가 지축을 울렸다. 야산 입구에 엎드린 낮은 함석지붕이 금방이라도 머리 위로 폭삭 내려앉을 것만 같았다. 그녀는 깜짝 놀라 잠든 그의 품속을 파고들었다. 그는 그녀를 차갑게 밀어내고 등을 돌렸다. 그녀는 천둥소리보다 더 큰 굴욕감을 느꼈다. 간밤에 불편한 마음으로 각자 잠자리에 들었던 기억이 벼락치듯 되살아났다. 휴게소에서 싸울 때, 노가다 십장 같다고 험하게 몰아붙인 말이 떠올랐다. 그녀는 어떻게 사과를 해야 할지 몰라 돌아누운 그의 등을 가만히 끌어안았다.

—여보, 낮에는 내가 말을 너무 독하게 했어. 미안해.

그는 돌처럼 딱딱하게 굳어 있었다. 저절로 한숨이 새어 나왔다. 그런 사과의 말 따위가 별 소용이 없다는 걸 그녀는 잘 알고 있었다. 그는 마음이 불편하면 누구에게도 곁을 주는 법이 없었다. 철벽같이 자신을 닫아걸고 침묵했다. 그것은 돌아앉은 바위처럼 단단해서, 어딘지 병적인 느낌마저 들었다. 푸른 모래 알갱이가 뭉쳐져서 검은 돌이 되기까지의 길고 질긴 시간 같은, 도무지 감당이 되지 않는. 그런 침묵이 깊어지면 하루나 이틀, 때론 일주일, 길게는 한두 달씩 집을 나가 작업장에 틀어박히기 일쑤였다. 그럴 때마다 그녀는 속수무책이었다. 돌아오기를 기다리는 것과 찾아 나서는 것. 매번 그 둘 사이에서 갈등했다.

지붕 위에서 콩 튀듯 하던 천둥소리가 멀어져갔다. 빗소리가 조금씩 잦아들고 있었다. 잠이 올 것 같지 않았다. 그녀는 살며시 일어나 거실에 딸린 스튜디오로 나갔다.

실내등을 켜자 바퀴벌레 한 마리가 재빨리 책상 밑으로 몸을 숨겼다. 비 오는 늦가을 새벽은 냉하고 습했다. 한쪽 벽면의 절반이나 차지하고 있는 벽난로에 장작불을 피웠다. 그가 카라라에서 만난 조각가 친구가 한국을 방문했을 때 만들어주고 간 벽난로였다. 화력도 좋고 굴뚝으로 연기도 깔끔하게 빨아들였다. 보는 사람마다 감탄할 정도였다. 붉은 벽돌을 쌓아 만든 벽난로 위에 오석 석판으로 바로크 양식의 문양과 하얀 회칠로 마감한 외장이 은근히 멋있었다. 장작 타는 매캐하고 기분 좋은 냄새가 퍼지면서 실내의 습기가 이내 가슬가슬하게 마르는 게 느껴졌다. 스튜디오의 집기들도 덩달아 뽀송뽀송해졌다. 그녀는 커피를 내리고 오디오를 켰다. 그가 간밤에 걸어 놓은 피아졸라의 '망각'이 흘러나왔다. 조지언 투 스피커에서 흘러나오는 우수에 젖은 반도네온 연주가 가슴을 촉촉이 적셨다. 그녀는 머그잔에 커피를 따라 벽난로 앞에 놓인 낡은 흔들의자에 앉았다. 흔들의자에 앉으면 자연히 스튜디오를 둘러보는 게 습관이 되었다. 맞은편 벽면에 붙은 포스터가 눈에 들어왔다. '잊혀진 시간의 기억'이란 타이틀로 뒤셀도르프에서 열린 그의 첫 독일 전람회 포스터였다. 얼굴이 없는, 거꾸로 치솟은 남성의 몸통을 검정 돌에 조각한 작품 사진이 포스터에 실려 있었다. 그것은 6.25

전쟁 때 돌아가신, 얼굴도 기억나지 않는 아버지를 형상
화한 작품이었다. 아버지는 6.25 전쟁에 아들은 베트남전
에. 대를 이은 참전이었다. 전쟁에 대한 참혹한 기억을 형
상화한 돌조각 작품이 그의 독일전시의 주제였다. 그 당
시 IMF로 온 나라가 시끄러울 때였다. 너네 나라 서울역
에는 노숙자가 넘쳐나는데 너는 어떻게 이 많은 돌 작품
을 컨테이너에 싣고 독일까지 올 생각을 다 했느냐고. 갤
러리 관장의 비난 섞인 찬사에 그는 그제야 정신이 번쩍
들었다고. 제 나라의 부도 위기조차 까맣게 몰랐을 정도
로 작업에 미쳐 있었다고. 언젠가 그 말을 들으면서 그녀
도 말문이 막혀 입만 딱 벌렸다.

벽면을 빼곡히 채운 그의 전람회 포스터와 작품 모형들
을 둘러보다 최근에 걸어둔 드로잉에 시선이 꽂혔다. 조
각의 밑 작업 성격의 드로잉이었다. 얼굴과 팔다리가 서서
히 지워져 들어가는 듯한 느낌의 토르소 형상. 가슴에 마
치 밤하늘의 은하수처럼 자잘한 점들이 찍혀 있었다. 가만
히 보니 그 속에 남십자성이 선명히 빛났다. 그녀는 그가
무엇을 만들려고 하는지 알 것 같았다. 그것은 그녀에게도
통증처럼 남은 기억이었다. 그날의 통증이 반도네온의 선
율 위로 선명하게 떠올랐다.

그의 학교 뒷문 밑에 있던 그 언덕배기 이층집. 그가 학

교 밑구멍에 있던 고추방이라고 부르던. 동향이어서 새벽이 일찍 찾아오던 그곳. 난간도 없는 좁은 시멘트 계단을 오르면, 화장실만 한 재래식 부엌이 딸린 작은 방 한 칸이 나타났다. 청상이 된 그의 노모가 젊을 때 손수 수놓아 만들었다던 횃댓보가 걸려 있던 방. 흰 광목천으로 된 횃댓보 중앙에는 얌전히도 수놓은 빨간 목단꽃이 활짝 피어 있었다. 비 오는 날, 오누이처럼 나란히 누워서 도란도란 이야기를 나누며 함석지붕 위에 쏟아지는 빗소리를 들으면 잊힌 기억들이 되살아나곤 하던. 그 방이 마치 연극무대 세트처럼 환하게 떠올랐다. 학교 뒷문이 바로 코앞인 그 집에 그는 매일 작업복 차림으로 점심을 먹으러 왔다. 1층에는 주인집 부부가 가게를 했다. 하루 종일 세숫비누 한 장 팔리지 않는데도 가게 평상에서는, 비가 오나 눈이 오나 술꾼들 서넛이 신김치 한 보시기뿐인 막걸리 판이 벌어졌다. 입만 열면 베트남전 참전 무용담을 풀어내는 박 씨가 지나가는 그를 붙들었다. 김 씨도 막걸리나 한 잔 하이소. 그는 허벅지에 박힌 파편 제거 수술 후라서 금주 중이었지만 술꾼들 마음을 헤아리느라 거절하지 못했다. 술이 몇 순배 돌자 그는 막걸리와 마른안주를 더 시켜놓고 술값 계산을 했다. 이내 그의 작업화가 저벅저벅 계단을 올라왔다. 김 씨는 막일을 해도 사람이 본데가 있재.

그가 지불한 술값에 흔감해하는 술꾼들의 공치사가 뒤따랐다. 밥상을 덮어놓고 그녀는 얼른 횟댓보 안으로 숨어들었다. 우리 우렁이각시는 어딜 갔나. 그가 방 안을 들여다보며 술래처럼 말했다. 바닥에서 한 뼘이나 올라와 있는 횟댓보 밑으로 그녀의 발목이 하얗게 드러나 보였다. 그가 까치발로 걸어와 횟댓보를 획 들췄다. 누드모델처럼 하얗게 서 있던 그녀의 모습이 드러났다. 그가 입을 와-아 하고 과장되게 벌려 놀란 시늉을 했다. 밥상을 윗목으로 성급히 밀어놓고 그는 방문을 걸어 잠갔다. 아무런 시름도 없이 그들이 한낮의 느닷없는 정염에 몸을 맡기는 동안, 부엌에서는 압력밥솥의 추가 맹렬히 돌아가고 구수한 밥 냄새가 좁은 방 안을 진동했다. 아래층에서 올라오는 술추렴 소리도 잔치집처럼 왁자했다. 그 때문에 한낮의 정염조차 더없이 안전하게 느껴졌다. 그것이 폭풍 전야의 고요였다는 걸 그녀는 짐작조차 못했다. 잠든 줄 알았던 그가 쫓기는 듯이 벌떡 일어나 모자를 푹 눌러썼을 때, 그녀는 장난인 줄 알고 까르륵 웃었다. 그가 짚단처럼 푹 고꾸라졌다. 그 바람에 옆으로 밀쳐놓았던 밥상에 머리를 세게 찧었다. 그녀는 화들짝 놀랐다. 밥상이 쓰러지면서 벌건 김칫국물이 사방으로 튀었다. 그녀는 밥상을 부엌으로 황급히 들어내고 걸레질을 했다. 그가 한 작가의 이름을 간절히 불렀다. 피에트 몬드리안, 피-에트 몬드리안. 치기 어린 예술가 지망생처럼 절규하듯 그가 차가운 추상의 화가 몬드리안의 이름을 부르고 있었다. 곧이어 뜻 모를 비명소리가 연달아 터져 나왔다. 도무지 알 수 없는 그의 숨은 광기 앞에서 그녀는 망연자실했다. 바로 그 순간, 그가 2층에서 뛰어내리겠다고 낮은 창문턱으로 다리를 걸고 올라갔다. 그녀는 그를 끌어내리려고 안간힘을 썼지만 그의 힘을 당해낼 수가 없었다. 그대로 두면 금방이라도 창문턱을 넘어 아래로 곤두박질칠 게 뻔했다. 돌가루가 하얗게 묻은 그의 작업 모자가 2층에서 땅바닥 아래로 툭 떨어졌다. 그녀는 외마디 비명을 질렀다. 모자와 함께 그가 추락하는 줄 착각을 했다. 그녀는 가슴을 쓸어내렸다. 아래층에서 술꾼들이 놀란 눈으로 올려다보았다. 그녀는 온 힘을 다해 그를 방바닥으로 끌어내렸다. 그가 조금씩 끌려 내려와 어느 순간 방바닥에 큰 대자로 널브러졌다. 그녀는 가쁜 숨을 몰아쉬었다. 그가 짐승처럼 울부짖었다. 네 앞에서 죽고 싶어. 아니야. 난 이미 그때 죽은 목숨이야. 덤으로 살고 있는 거라구. 가, 다 가버려. 그녀는 당장이라도 가방을 챙겨 달아나버리고 싶었다. 하지만 아픈 사람을 두고 도망친다는 건 비굴한 짓이라고 자신을 달래고 설득했다. 우리는 용병인 줄도 모르고 갔어. 그가 자조적으로 내뱉던 말이 떠올랐다.

　그는 미술대학 조소과에 입학했지만 조각에 흥미를 잃고 겉돌았다. 누드시간에 졸고 앉은 누드모델을 보면 저 여자는 대체 얼마를 받고 저기 와 있는 걸까. 또래들 앞에서 옷 벗는 일을 택할 수밖에 없었던 딱한 사연은 뭘까. 그런 것들이 궁금했다고. 작업이 될 리가 없었다. 하릴없이 문리대 근처를 기웃거리다 유신반대 가투에 휩쓸렸고, 군대에 끌려갔다. 구타에서 시작해서 구타로 끝나는 군대생활을 견디다 못해 그는 베트남전에 자원했다. 야간 매복 시간. 정글 속에 숨어서, 오지 않는 적을 하염없이 기다리던 그 밤. 남십자성이 아름답게 빛나고 있었다. 베트남의 날씨는 우기와 건기로 나뉘는데 건기에는 밤하늘의 은하수가 머리 위로 온통 쏟아질 듯 초롱초롱했다. 벌레소리만 나도 머리털이 쭈뼛 서는 어느 순간, 그는 자기도 모르게 발밑의 진흙을 긁어모아 누군가의 얼굴을 빚었다. 양손 엄지를 세워서 흙을 쓰윽쓰윽 밀어내면 이내 눈, 코, 입이 성큼성큼 자리를 잡는 것이었다. 소리 없이 스며드는 불안에 가득 찬 얼굴. 목을 조여오는 공포. 그것은 죽음 앞에 무방비한 누군가의 얼굴이었다. 아버지인 것도 같고 자신인 것도 같았다. 그는 온몸에 전율을 느꼈다. 그 짧은 순간, 적이 나타났더라면 어떻게 되었을까. 천만다행으로 그런 돌

발상황은 일어나지 않았다. 그때 그는 결심했다. 만약 살아서 돌아간다면 꼭 전쟁의 참상을 알리는 작업을 하겠노라고. 제대를 하고 복학해서도 그는 그 순간을 잊지 않았다. 마음이 흐트러질 때마다 정신없이 긁어모으던, 손톱 밑에 끼인 진흙의 감촉과 밤하늘에 밝게 빛나던 남십자성을 기억했다.

그렇다고 해서 참전 후유증이 그를 비켜간 건 아니었다. 산 중턱에 있던 학교 작업장 부근의 군부대에서는 헬리콥터가 수시로 뜨곤 했다. 헬리콥터 소리가 타타타타 들리기 시작하면 그는 돌을 깨다가도 귀를 틀어막았다. 아무리 귀를 막아도 헬리콥터 소리는 점점 더 커지면서 다가왔다. 이내 혼바산의 지축을 뒤흔들던 포성이 들려오고. 그럴 때면 아무렇게나 널브러진 주검과 부상병들의 공허한 눈빛이 떠올랐다. 그의 온몸이 구운 오징어처럼 뒤틀리며 오그라들었다. 남이섬으로 엠티를 가서는 술을 마시고 알몸으로 바다에 뛰어들어 여학생들을 혼비백산하게 만들었다. 술이 들어가면 쉽게 자제력을 잃고 무너졌다. 깨어나면 또 모멸감에 시달리면서도 그 무한반복의 고리를 끊지 못했다. 사람들의 연민이 혐오로 바뀌는 건 한순간이었다.

그녀는 얼음물수건을 만들어 그의 얼굴을 닦아주었다. 그는 그녀의 손길을 뿌리쳤다. 넌 속물이야. 그가 말했다.

넌 남자를 좋아하는 것 같아. 그가 그녀를 자극했다. 그녀는 침착하게 응대했다. 무엇이 당신을 이렇게 괴롭히나요? 아이 돈 노. 당신은 아직도 옛날의 악몽에서 못 벗어난 거 같아요. 아니야 아니야. 나 누구예요? 김문경. 널 사랑해. 지금 당신이 보고 있는 건 김문경이 아니고 이숙희지? 이숙희에게서 당신은 아직도 못 벗어나고 있는 거야. 당신은 나를 초라하게 만들어. 그가 대뜸 무릎을 꿇었다. 나를 용서해줘요. 버리지 말아줘. 내 뺨을 쳐도 좋아. 자, 어서 쳐, 쳐봐. 그가 볼을 그녀 앞으로 내밀었다. 어젯밤 꿈에 이숙희가 나타났어. 나를 측은한 눈으로 내려다보더니 점점 작아져서 아주 조그맣고 까만 나비가 되어 날아가 버렸어. 이제 정말 내게서 떠난 거야. 다신 오지 않을 거라구. 그가 중얼거렸다. 그의 눈빛은 이삿짐이 다 빠져나간 텅 빈 집 같았다. 그녀는 탈진한 듯 방바닥에 드러눕는 그의 머리 밑에 얼른 베개를 받쳐주었다. 그는 알아들을 수 없는 혼잣말을 하다 고른 숨소리를 내며 잠이 들었다. 그녀는 그가 잠든 동안 자신의 아파트로 돌아가야겠다는 생각을 하면서 어질러진 방 안을 정리했다. 앉은뱅이책상 위에 놓인 엑스레이 사진이 눈에 들어온 것은 그 순간이었다. 그의 복부와 대퇴부를 찍은 사진이었다. 엑스레이 사진에는 하얀 점들이 마치 밤하늘의 은하수처럼 빼곡히 박혀 있었다.

어떻게 그 자잘한 파편이 온몸에 빠꼼한 데가 없을 정도로 박힌 채 40년을 살아올 수 있었을까. 믿을 수 없는 일이었다. 그녀는 난생처음, 가슴을 찌르는 듯한 극심한 통증을 느꼈다. 몸속에 전쟁의 기억을 새겨놓은 사람의 40년 삶이란 도대체 어떤 것이었을까. 죽음이 아니면 잊을 수 없는 상처란 바로 이런 거구나. 그녀는 비로소 그가 건너야 할 망각의 강이 무엇인지 깨달았다. 그날, 그녀는 자신의 아파트로 돌아가지 않았다.

반도네온의 흐느낌이 점점 더 크게 들렸다. 그녀는 남십자성이 선명히 빛나는 드로잉 속의 남자를 오래 올려다보았다. 장작 불꽃이 홀로 사그라들고 있었다. 참나무 장작 두 개를 더 올렸다. 불꽃이 다시 벌겋게 타올랐다. 온몸이 열기에 노곤하게 녹아내렸다. 그녀는 불현듯 베토벤의 피아노 소나타를 듣고 싶었다. '템페스트' 3악장이었다. 오랫동안 템페스트를 듣지 못했다. 어느 때부턴가 그들은 템페스트를 듣지 않았다. 그들에게 템페스트는 기쁠 때나 슬플 때나 일상의 주제가나 다름없는 곡이었다. 함께 외출을 하기 위해 그가 자동차 시동을 걸면, 출발 신호를 보내듯 그녀는 템페스트 시디를 밀어 넣었다. 알프레드 브렌델의 피아노 연주가 흘러나오면, 그들은 무작정 행복했다. 건반 위에 손가락을 두드리는 피아니스트 흉내를 과장해 보이

는 그녀를 쳐다보며 그도 따라 장난스레 핸들을 두드리곤
했다. 웃음이 쏟아지던 시간들. 사소한 일로 말다툼을 하
고서 함께 외출을 해야 할 때도 그는 무어라 사과할 말이
궁하면 운전석에 앉으면서 템페스트 시디를 밀어 넣었다.
그것은 그가 그녀에게 청하는 화해의 제스처였다. 그러면
그만이었다. 그녀의 얼굴은 금세 환해졌다. 괜찮다 괜찮다
다 괜찮다. 어떤 폭풍우가 와도. 그들에게 템페스트는 그
런 곡이었다. 템페스트를 함께 듣던 그 시절이 사무치게
그리웠다.

* * *

그는 언제 나가버렸는지 베개만 덩그러니 남아 있었다.
잠을 설친 탓인지 머리가 찌르는 듯이 아팠다. 숙소와 벽
하나를 사이에 둔 스튜디오에서 간밤에 그녀가 걸어둔 템
페스트가 들려왔다. 두통이 일시에 사라지는 것 같았다.
그가 템페스트를 듣고 있을 게 틀림없었다. 그녀는 일어나
스튜디오로 갔다. 그는 막 배달된 택배 상자처럼 닥종이를
붙인 가림막 뒤 책상 의자에 무심히 앉아 있었다.
　―언제 일어났어요?
　그녀는 사무용 의자 뒤로 다가가 그의 등 뒤에 얼굴을

묻었다. 저문 들녘에 선 나뭇등걸처럼 차고 딱딱했다. 금방이라도 손을 뿌리치면 어떡하나 조바심을 내면서 그의 볼을 두 손으로 쓸었다. 그는 아무런 반응이 없었다.

―오랜만에 템페스트를 듣네.

그녀는 잠자리에 눌려 납작해진 그의 잿빛 머리칼을 손가락으로 세워 일으켰다.

―당신 올 겨울방학 때 수술하지 말고 베트남에 한번 갔다 오는 건 어때요?

그녀는 남은 파편들이 살 속에 집이라도 지은 것처럼 단단히 박혀 있다고. 건드리는 게 더 위험할 수 있으니까 내버려 두는 게 낫다고. 그것 때문에 죽지는 않는다고 하던 의사의 말을 떠올렸다.

그는 여전히 말이 없었다.

―여보, 나 언제부터 당신을 모델로 소설을 한 편 구상하고 있었어. 제목도 다 생각해놨어. '돌'이라고.

그녀가 그의 표정을 살폈다. 그는 입 밖에 내어 말하지는 않았지만 '그래서?' 하는 눈빛이었다.

―그러니까 이게 예술가 소설인데. 베트남전 참전 경험이 있는 조각가가 화자야. 평생을 참전 후유증을 안고 살아. 대퇴부 아랫부분에 집중적으로 남아 있는 파편을 수년에 한 번씩 제거하면서. 다시 파편 제거 수술을 앞둔 어느

날, 작업대에 돌을 올려놓고 눈을 맞추지. 그런데 한순간 그 돌 속에서 매복 때 본 남십자성을 보게 되는 거야. 그는 무엇에 이끌린 듯 돌을 깨기 시작해. 미켈란젤로처럼. 그 돌 속에 숨은 여자가 아니라 남십자성을 탈출시키려는 거야. 그는 무섭게 작업에 몰두해. 수술 날짜가 지나가는 것도 모르고 정신없이. 드디어 작품이 완성되었을 때, 그는 자신의 몸속에 남은 파편이 남십자성의 형상으로 나타난 것을 알게 돼. 이거 너무 상투적인가?

그녀가 객쩍은 듯이 웃어 보였다.

―집안에 소설가 하나 나오면 삼대가 털린다더니.

그가 한숨처럼 툭 내뱉는 말에 그녀는 가슴이 철렁 내려앉았다. 언젠가 동료작가들과 동석한 자리에서 누군가 농담으로 한 말이었다. 그걸 기억하고 농담기를 싹 빼고 되돌려주다니.

―여보, 사랑의 반대가 왜 무관심이겠어. 무관심에는 통증이 없는 거야. 이 세상에 소설가 말고 누가 당신네 삼대씩에나 관심을 가지겠어. 사랑이 없으면 불가능한 거라고. 아, 진짜 달라도 어찌 이리 다르냐.

그녀는 자신의 목소리가 또다시 높아지는 것을 깨달았다. 문득 어떤 기시감에 사로잡혔다. 계모가 30촉 백열등을 꺼버리는 바람에 일기를 마무리하지 못하고 잠들었다 깨어나던, 어린 날의 그 거칠거칠하던 아침이 떠올랐다.
그는 또다시 완강히 입을 다물었고, 질주하는 피아노음만
이 아침 공기를 수시로 흔들었다.

까마귀 길들이기

수정이와 헤어져 자취방으로 돌아오는 길이었다. 지하철 이태원역에서 내려 엠피스리로 노래를 서너 곡쯤 들으면 도착하는 자취방이, 오늘따라 아무리 걸어도 나타나지 않았다. 골목길은 평소보다 더 굽고 눅눅했다. 할머니가 코쟁이 노랑내라고 부르는 이태원 특유의 냄새가 오늘따라 역하게 느껴졌다. 엠피스리에서 패닉이 부르는 '달팽이'가 흘러나왔다. 가사가 유달리 귀에 쏙 들어왔다.

"집에 오는 길은 때론 너무 길어 나는 더욱더 지치곤해/문을 열자마자 잠이 들었다가 깨면 아무도 없어/좁은 욕조 속에 몸을 뉘었을 때 작은 달팽이 한 마리가/내게로 다가와 작은 목소리로 속삭여줬어/언젠가 먼 훗날에 저 넓고 거칠은 세상 끝 바다로 갈 거라고/아무도 못 봤지만 기억 속 어딘가 들리는 파도 소리 따라서/나는 영원히 갈래."

낮은 목소리로 따라 부르면서 걷는데 갑자기 울컥했다. 이렇게 슬픈 노랜 줄 몰랐다. 제집을 등에 짊어지고 어디론가 느릿느릿 걸어가는 작은 달팽이 한 마리가 떠올랐다. 마치 내 모습처럼. 가슴이 먹먹했다. 사실 울음의 기미는 수정이를 버려두고 커피점을 나오면서부터 뒤따라온 것이었다.

학원을 나서는데 등 뒤에서 누군가 '윤희야' 하고 불렀다. 나도 모르게 움찔했다. 내 이름 첫 자에 유달리 악센트를 주어 부르는 그 목소리의 주인은 분명 대구가 고향인 수정일 터였다. 우리의 사춘기를 뒤틀어놓은 그 불행한 사건 이후로 거의 5년 만이었다. 그런데도 나는 얼른 뒤돌아보지 못했다. 문득 먼지나 티끌이 되어 사라지고 싶은 마음이 간절했다. 나는 내처 두어 발짝을 더 걸었다. '야 까마귀-', 하고 이번에는 수정이가 바짝 뒤쫓아와서 내 등을 탁 쳤다. 까마귀는 중학교 때 내 별명이었다. 그것은 우리들을 하나로 묶어주던 어느 한 시기의 기억을 기습적으로 불러왔다. 위태로웠지만 얼마쯤은 따뜻하고 빛나던 시간들. 나는 두 눈을 깊이 감았다.

"너도 이 학원 다닌단 얘긴 들었어."

수정이는 내 감정 따위에는 아랑곳없이 호들갑을 떨며 반가워했다. 그러고는 복잡한 커피점으로 나를 끌고 들어갔다. 학원 앞 커피점은 2층까지 사람들이 꽉 차서 시끌벅적했다. 허벅지가 다 드러난 짧은 시폰 치마를 나풀거리며 커피를 쟁반에 받쳐 들고 올라오는 그 아이가 낯설어 보였다. 겨우 구석자리를 하나 차지하고 앉았다. 수정이는 날아갈 듯이 가벼워 보였다. 별아가 그렇게 되고, 남은 우리들이 겪어야 했던 그 고통스런 시간들이 실재한 건가 의심스러울 정도였다.

"공부는 잘돼?"

수정이가 물었다.

"뭐 그냥."

나는 심드렁하게 대답했다. 우리는 서로 딴전을 피우면서 에둘러 가느라 한참 동안을 정작 해야 할 이야기는 피하고 있었다. 미장원 보조로 들어갔다는 혜영이를 비롯해서 이제는 뿔뿔이 흩어진 아이들의 소식을 전해 듣는 것은 신기하게도 아무런 감흥이 없었다. 한때는 함께 있기만 해도 마음이 놓이고 생기가 넘치던 아이들이었다.

"씨발, 그날 내 생일파티만 거기서 안 했어도..."

수정이가 아랫입술로 윗입술을 덮어 바람을 훅 불어 앞머리를 날렸다. 수정이의 이마를 덮은 머리카락이 살짝 들렸다 내려앉았다.

"우리는 너랑 별아가 곧바로 뒤따라올 거라고만 생각했지 그런 일이 생길 줄 꿈에도 생각 못 했어. 와 15층 계단이 그렇게 긴 줄 몰랐어. 진짜 무슨 계단이 그리 끝이 없어. 그 와중에도 혜영이 년은 킬킬대고 웃는데 진짜 아-아. 요즈음도 어쩌다 계단 내려가는 꿈을 꾸다 깨면 졸라 재수가 없어."

수정이가 머그잔 바닥에 남은 커피를 훌쩍 마시고는 고개를 절레절레 흔들었다. 그 아이의 얼굴에서 웃음기가 싹 걷혔다. 머릿속이 하얗게 비는 느낌이었다.

"별아 엄마가 너 청라 오면 꼭 한번 들르라고 하더라."

수정이가 조심스레 내 눈을 들여다보았다. 나는 수정이의 눈을 피했다. 별아의 장례식장에서 혼이 빠져나간 텅 빈 눈으로 앉아 있던 별아 엄마의 모습이 떠올랐다. 느닷없이 가슴이 조이는 듯 아파왔다. 수정이와 마주 앉아 있는 순간이 견딜 수 없이 힘겨웠다. 커피잔은 둘 다 진작 비어 있었다.

"커피 리필해 올까?"

내가 물었다. 수정이가 고개를 끄덕였다.

"그 가방 좀 내려놓고 가라. 가방 메고 앉는 버릇은 여전하네. 금방이라도 도망칠 사람 같다야."

수정이가 가방을 멘 채 일어서는 나를 보며 눈을 곱게 흘겼다. 커피 리필을 하기 위해 빈 잔을 챙겨 아래층으로 내려가는 첫 계단을 밟았다. 다시 수정이에게로 돌아가고 싶지 않았다. 빈 잔을 직원에게 건네주고 잠시 계단을 올려다보다 돌아서고 말았다.

우리가 다니던 청라면 소재지의 여중에서 수정이와 별아는 댄스스타였다. 둘은 늘 엠피스리에 연결된 이어폰을 귀에 꽂고 리듬을 타면서 춤추듯이 걸었다. 등굣길 거리에서, 점심시간에는 소각장 옆에서, 쉬는 시간에는 복도에서, 마치 태엽을 감으면 돌아가는 오르골 인형처럼 끝없이 춤을 추었다. 그 둘을 놓고 사람들은 대나무밭의 바람 소리처럼 수군댔다. 둘이 사귄대. 수정이 엄마는 마늘 장수랑 바람나서 도망가고 별아 아빠는 경제사범으로 교도소에 들어갔대 하고. 그런 말들이 그 아이들을 향하는 내 눈길을 막지 못했다. 나 또한 그 아이들보다 더 나을 것도 없는 미혼모의 자식이었다.

짧은 커트 머리를 찰랑거리며 마치 미소년 같은 얼굴로 별아가 춤추는 모습을 보고 있으면 온몸이 나른했다. 어딘지 애달프고도 육감적인, 좀 복잡한 느낌이었다.

나는 학교에서 왕따였다. 그렇다고 괴롭힘을 당한 건

아니지만 늘 혼자였다. 친구라곤 길들인 까마귀 한 마리뿐이었다. 나는 면 소재지에서도 비포장도로로 한참을 들어가야 하는 깊은골에서 할머니와 단둘이 살았다.

IMF가 터졌던 그해 깊은골에 때 아닌 까마귀 떼가 날아왔다. 농작물을 해치는 까마귀 떼는 마을의 골칫거리였다. 마을 회의에서 약을 놓기로 결정한 뒤 마을에서는 죽은 까마귀 떼를 심심찮게 볼 수 있었다. 하굣길에 죽은 까마귀 떼 틈에 살아남은 새끼 까마귀 한 마리를 발견하고 집으로 데려왔다. 까만 털이 복슬복슬하고 눈이 앙증맞게 반짝이는 녀석이었다. 함부로 대문을 열고 가방을 마루에 집어던진 뒤 뒤주채로 갔다. 뒤주채에는 콩이며 팥, 조, 수수, 동부, 질금 따위의 곡식들이 새끼줄을 꼬아 만든 봉태기마다 가득 담겨 있었다. 부엌에 가서 이가 나간 그릇들을 가져와 물과 곡식을 담아주었다. 새끼 까마귀는 그것들을 조금밖에 먹지 못했다. 나는 새끼 까마귀가 잘못될까 봐 조바심이 났다. 마구채 처마 밑에 집을 짓고 살던 어미 제비가 벌레를 잡아 새끼에게 먹이던 기억이 났다. 텃밭으로 달려갔다. 호미로 텃밭을 파서 나온 지렁이랑, 작은 벌레들을 잡아서 새끼 까마귀의 입에 조금씩 넣어주었다. 녀석은 부리를 짝짝 벌리면서 잘도 받아먹었다. 둥지가 된 빈 봉태기 안에서 녀석이 꼬박꼬박 잠이 들 때까지 지키고 앉아 있었다. 해가 진 뒤에야 밭일을 마치고 돌아온 할머니는 뒤주채에 새끼 까마귀가 있는 걸 눈치채지 못했다. 다음 날 아침 여느 때보다 일찍 일어나 뒤주채로 가보았다. 언제 깨어났는지 녀석은 뒤뚱거리며 봉태기로 만든 둥지 주변을 기웃거리고 있었다. 할머니가 뒤주채에 곡식을 가지러 갔다가 새끼 까마귀 앞에 앉은 나를 발견했다.

"날짐승은 병아리나 토끼하고는 다른 기다. 집에서 키우는 기 아이다. 얼른 있던 데에 도로 갖다 놓고 온나."

할머니는 단호했다. 하지만 약을 먹고 죽은 까마귀 떼를 떠올리면 그럴 수가 없었다. 할머니 몰래 다락방에 데려가서 키웠다. 조금 더 자라면 그때 산에 갖다 놓아도 늦지 않을 것이었다. 산에 가서 딱정벌레를 잡아다 주고, 할아버지 과수원에서 가져온 사과나 호두도 먹이고, 읍내에 있는 이모할머니의 빵가게에 가서 팔다 남은 빵부스러기도 가져와 먹였다. 녀석은 잡식성이어서 뭐든 주는 대로 잘 먹었다. 학교에 가는 시간을 빼고는 잠시도 떨어지지 않고 까마귀를 돌본 덕분이었는지 마침내 제법 길들인 티가 났다. 어느새 까만 날갯죽지에 윤기가 흐르고 부리도 길고 단단해졌다. 좀 더 자라면 산에 갖다 놓아야겠다는 생각은 잊은 지 오래였다. 털이 까맣고 예뻐서 까미라는 이름까지 지은 터였다. 할머니가 없을 때는 어깨에 올려놓고 집 안을 돌아다녔다. 하루는 까미랑 놀다가 다락에서 잠이 들었다. 할머니가 뒤주채로 마구채로 찾아다니다가 다락에 올라왔다. 잠든 내 곁에서 아무런 근심 없이 놀고 있는 까미를 발견하고는 할 말을 잃었다. 그렇게 키운 것이 제법 울음소리가 까우우워악 까우우우워악 할 정도로 컸다. 나는 날카롭고 음울한 까마귀 울음소리가 좋았다. 까미를 어깨에 얹고 그 소리를 들으며 걸으면 정신이 번쩍 들면서 차분해졌다. 까미를 길들이는 것은 분명 난데 까미가 마치 나를 길들이는 것 같은 느낌이 들었다. 한번은 학교에 갔다 오니까 까미가 없어졌다. 그즈음 놈의 저지레가 부쩍 늘어서 번번이 할머니에게서 지청구를 들어야 했다. 잠시도 가만있지 못하는 녀석이 할머니의 반짇고리에 담긴 색실이며 바늘을 물어 나르고, 할머니가 시집올 때 가져왔다는 주키재봉틀로 만들어놓은 치마저고리를 부리로 쪼아 구멍을 내놓기 일쑤였다. 할머니는 까미를 야단쳐서 쫓아내 버렸다. 내가 동구 밖 산신당 근처로 까미를 찾아갔을 때, 녀석은 다른 까마귀들 틈에 끼어들지 못하고 외따로 떨어져 있었다. 눈물이 왈칵 났다. 녀석이 마치 아이들과 어울리지 못하는 내 모습 같았다. 그건 별아도 나랑 다를 바 없었다. 우리 반 아이들과는 통 어울리지 못했다. 수업시간에도 엎드려 자기 일쑤였다. 그러던 어느 날,

매점에 갔다가 별아와 마주쳤다. 3교시가 끝난 학교매점은 출출한 뱃속을 달래려고 모여든 아이들로 시끌벅적했다. 자판기에 동전 넣는 소리와 컵라면 비닐 뜯는 소리, 뜨거운 물 받는 소리, 아이들이 왁자지껄하게 떠드는 소리가 넘쳤다. 차례를 기다려 컵라면에 온수통의 물을 내렸더니 미지근한 물이 나왔다. 내 바로 앞에서 뜨거운 물이 바닥난 모양이었다. 미지근한 물로는 라면이 익지 않았다. 곧 시작종이 울릴 시간이었다. 초조하게 시계를 보았다. 아이들 몇몇이 먹다 남은 컵라면을 버리고 뛰었다. 나는 익지 않아 딱딱한 라면을 나무젓가락으로 꾹꾹 찔러보다 하는 수 없이 휴게실을 나섰다. 그때 누군가 나를 툭 쳤다.

"오윤희, 늦었어. 뛰어."

별아였다. 가슴이 쿵 내려앉았다. 그 아이가 내 이름을 부르다니. 믿기지 않았다. 전기처럼 찌릿찌릿한 묘한 기분이었다. 4교시 시작 시간이 1분도 채 남지 않았다.

"너, 춤 좋아하지."

그 아이가 물었다.

"아니."

"그래? 내가 춤추는 거 자주 훔쳐보던데?"

그 아이가 나란히 뛰어가면서 말했다.

"응. 네 춤이 좀 슬퍼서."

"진짜?"

그 아이가 놀란 눈으로 나를 보았다.

"춤이 슬프다는 말은 처음 듣는데? 춤추다 보면 이유 없이 눈물 날 때도 있긴 해. 갑자기 어떤 기억이 떠오르면, 그때보다 더 슬퍼지는 그런 기분 있잖아. 춤추다 보면 그런 슬픔도 날아가 버려. 우리 반 애들은 춤을 몰라서 재미없어. 5반에 수정이라고 알아?"

별아가 물었다.

"응. 얼굴은 알지."

언제 왔는지 국어 선생이 교실 앞문으로 들어가는 게 보였다. 우리는 얼른 뒷문으로 들어가 앉았다. 마음이 진정되지 않았다. 그 아이의 목소리가 귓가에 맴도는 바람에 수업이 하나도 귀에 들어오지 않았다. 내게도 친구가 생길지 모른다는 예감이 들었다.

자취방에 도착했다. 할머니가 호박죽을 끓이고 있었다. 지난 초봄에 다녀간 뒤로 거의 반년 만이었다. 가스레인지 위의 찜통 안을 젓는 할머니의 자세가 몹시 위태로워 보였다. 우리 할머니는 키가 작다. 겨우 1미터 40쯤 된다.

"주걱 이리 줘."

할머니는 공부하고 와서 피곤할 텐데 쉬라고 말은 하면

서도 내게 주걱을 얼른 건넸다. 할머니보다 훨씬 큰 내게
도 가스레인지 위의 찜통 높이는 높았다. 욕실 의자를 가
져다 바닥에 놓고 올라섰다.

"죽 장사할 거야? 뭣 하러 이렇게 많이 끓여."

버럭 짜증을 냈다.

"낼 내려가면 인제 여긴 못 오지 싶다. 차 타는 것도 힘
들고… 우리 손녀 좋아하는 호박죽이라도 많이 끓여 놓고
갈라고. 식혀서 냉동실에 한 봉지씩 넣어놨다가 데파 먹어
봐라. 그땐 할매 생각날 끼다. 가을에는 늙은 호박이 보약
이지. 니 깊은골에 살 때는 호박죽 얼마나 많이 먹었노."

"알았어, 알았어."

나는 대나무주걱을 양손에 하나씩 붙잡고는 찜통 바닥
을 힘껏 밀었다. 워낙 양이 많아서인지 한참 저었다 싶었
는데도 죽은 좀체 끓을 기미가 보이지 않았다. 내가 말도
없이 가버린 것을 알고 황당했을 수정이가 떠올랐다. 원치
않는 노동의 뒤끝처럼 피로가 몰려왔다. 얼른 씻고 눕고만
싶었다.

"할머니, 좀 더 센 불로 하면 안 되나? 빨리 끓이게."

"센 불은 금방 눌어붙어서 못써. 화근내 나는 죽을 우찌
먹을라고. 밥하는 것보다 죽 끓이는 기 배로 힘든 기다. 깊
은골에서는 어깨에 까마귀 얹어놓고도 잘만 젓더만은. 증

조할매 살아계실 때는 죽 한 솥씩 끓이고 나면 며칠 동안 팔이 아파서 들지도 못했니라. 힘도 좋겠다 팍팍 저어바라. 그래야 덩어리가 안 생기지. 힘들면 할매가 좀 하까?"

"아니, 내가 해."

"세상에 그저 되는 일이 어딨노. 에미가 니 가졌을 때도 천식 기침을 열 달 내내 달고 살았다. 만삭 때는 빤쓰에·오줌을 지리면서도 감기약 한 첩 안 먹고 버티더라. 그 좋아하던 커피 한 잔 입에 안 대고. 그리 열 달을 견딘 덕분에, 니가 몸무게도 3.3키로에, 피부도 딱 알맞구로 건강한 색으로 안 태어났나."

"치, 할머니 눈에나 딱 알맞지. 내가 어깨에 까미 얹고 지나가면 까마귀 엄마라 했거든."

"우리 윤희를 어디 까마귀에다 비교를 하노. 나쁜 년들."

우리 할머니의 손녀 사랑은 신앙에 가깝다. 내가 중학교 때 일진 소리 들으면서 그리 할머니 속을 썩였어도 단한 번도 왜 그랬냐고 나무라는 법이 없었다.

죽이 끓기 시작하면서 주걱을 쥔 두 손이 점점 뜨거워졌다. 나는 금방이라도 익을 것 같은 손으로 찜통 바닥을 더 세게 저었다.

"어떡해 할머니, 죽이 막 끓는데, 이제 그만 하면 안 되나? 아이 뜨거워."

"비키라. 할매가 마무리하게."

할머니는 관절염이 심해서 일어서고 앉는 게 제일 고역인데도 불구하고 몸을 일으키려고 애를 썼다.

"아니야. 가만있어. 앉아서 지시만 해. 내가 다 할 테니까."

"그래. 인제 조금만 더 저으면 되겠다."

할머니의 표정이 흐뭇하게 풀어졌다. 그 순간이었다. 펄펄 끓는 뜨거운 죽이 내 볼이며 손등으로 투둑 튀어 올랐다. 깜짝 놀라 오른쪽 주걱을 놓치면서 뜨거운 양은 찜통에 팔목을 데고 말았다. 할머니가 내 손에 든 주걱을 빼앗아 들었다.

"아이고 내가 한다니까 고집 세기는. 끓는 죽이 얼마나 뜨거운데. 덴 자리에 어서 수돗물 틀어가 식히고 오너라. 죽이나 인생이나 다 끓었다고 방심하면 클난다."

할머니가 혀를 끌끌 찼다. 놓친 주걱을 건지고 불을 조금 줄였다. 그러고는 다시 젓기 시작했다. 죽은 여전히 분화구를 만들면서 한동안 뜨겁게 끓었다. 마치 사춘기 적의 펄펄 끓던 우리들 마음 같았다. 죽에 덴 팔목 부분이 쓰리고 아파왔다. 욕실의자에서 내려와 좁은 샤워실로 들어갔다. 찬물을 틀고 샤워기 밑에 바짝 붙어 서서 덴 팔목자리를 식혔다. 팔목의 통증이 조금 가시는 듯했다.

별아가 아이들과 나타난 건 그날 점심시간이었다. 명절날 고속도로만큼이나 복잡한 급식소의 긴 줄 뒤끝에 서서, 나는 언제 차례가 올까 하염없이 기다리고 있었다. 그때, 별아가 수정이와 혜영이, 선화와 함께 나타났다. 줄을 서 기다리는 나와는 달리 그 아이들은 넉살 좋게도 아 좀 지나갑시다, 하면서 기어이 급식소 안으로 들어가 식판을 잡았다. 공연히 내가 다 창피했다. 별아가 내게 눈을 찡긋하더니 내 배식까지 받아다 주었다. 다른 아이들의 눈총이 따가웠지만 나는 엉거주춤 식탁에 앉았다.

"근데 오늘 수요일 맞아? 특별식 나오는 날인데 반찬이 이게 뭐야. 좌 깻잎지, 우 깍두기, 이건 무슨 궁중떡볶이라는 게 허연 게 떡은 물렁하게 불어 터져갖고."

아이들은 식탁에 앉자마자 불평을 늘어놓으면서도 부지런히 숟가락을 놀렸다. 그러고 보니 육개장은 벌건 기름만 둥둥 뜨는 것이 무슨 고추장국 같았다.

"너 우리 댄스팀에 들어올래?"

별아가 말했다. 젓가락으로 집어 올리던 깍두기가 툭 떨어졌다.

"진짜?"

"서울로 전학 간 애가 있어서 한 명이 비거든. 너도 춤

함 춰봐. 잘 출 것 같은데?"

별아의 눈이 반짝거렸다.

어디서 났는지 별아가 방울토마토를 한 주먹 내밀더니 내 식판에 올려놓았다.

"자, 먹어봐. 내가 좀 챙겼지."

별아가 눈웃음을 쳤다. 급식소에서 훔친 게 틀림없었다.

"개구리 접어 와야겠는데?"

수정이가 쿡 웃었다.

"웬 개구리?"

혜영이가 물었다.

"어릴 때, 주일학교 가면 전도사님이 개구리를 접어서 거기다 일주일 동안 지은 죄를 하나씩 써 오라고 했거든. 그걸 벽에 붙은 나무 십자가에 못 박는 거야. 다시는 이런 죄를 안 짓겠습니다, 하고 회개하면서."

"으윽 개 변태."

"어, 안 그래도 그 전도사 별명이 변태야."

아이들이 와하하 웃었다. 며칠 뒤에 우리가 나란히 앉아서 진짜 반성문을 쓰게 될 줄 그때는 미처 몰랐다. 별아랑 같은 댄스 아카데미에 다니는 수정이는 복도 끝에 있는 5반이었다. 점심시간에 별아를 따라 수정이반에 놀러 갔더니 2반 은혜, 3반 소영이랑 선화, 4반 초롱이가 와 있었다. 별아가 나를 아이들에게 소개하고 모두 한꺼번에 좁은 화장실 한 칸에 다 들어갔다. 수정이의 교복 주머니에서 담배와 라이터가 나왔다. 수정이가 자연스럽게 불을 붙이고 담배 연기를 빨아서 내게 건넸다. 그저 담배를 빠는 시늉만 했을 뿐인데도 머리가 띵하고 눈앞이 핑그르르 돌았다. 얼른 그 좁은 공간에서 벗어나고 싶었지만 친구가 되려면 그 정도는 참아야 했다. 아이들은 능숙하게 담배 연기를 뿜었다. 연기로 도넛을 만드는 아이도 있었다. 바로 그때였다. 수학선생님의 성난 목소리가 들렸다.

"다 나와."

눈앞이 아득했다. 놀란 나머지 가슴이 두방망이질했다. 별아 옆에 바짝 붙어서 교무실로 갔다. 학생주임에게 인계되어 한바탕 훈계를 듣고 교무실 복도에 꿇어앉아 반성문을 썼다.

"개구리 접을까?"

별아가 내 귀에다 대고 말했다.

"십자가가 있어야지."

우리는 교무실 앞이란 것도 잊고 키득거리며 웃었다. 다른 아이들이 영문도 모르고 따라 웃었다.

"별아하고 오윤희, 너희는 왜 우리 반에서 안 놀고 맨날 남의 반 아이들하고 어울려 다니냐?"

언제 나왔는지 담임이 복도 앞에 앉은 아이들을 쭉 훑어보며 한심한 표정을 지었다. 우리는 2주일 동안 벌청소를 했다. 체육복으로 갈아입고 두 명씩 짝을 지어 층마다 화장실 물청소에 똥 묻은 쓰레기통까지 치워야 했다. 나는 별아랑 짝이 되었다. 반 아이들 보기에 창피한 것도 잠깐이었다. 재미없는 수업에 빠지는 것도 신나고 별아랑 함께 있는 것도 즐거웠다. 나중에는 벌 받는다는 생각도 잊고 장난까지 쳤다.

"호박죽 다 식었다. 빨리 나와서 먹어바라."

할머니가 샤워실 문을 두드렸다. 호박죽도 호박죽이지만 하루 종일 말 한마디 나눌 사람이 없다가 내가 왔으니 얼마나 이야기가 하고 싶었을까. 우리 할머니, 자분자분 말 많은 건 아무도 못 말린다. 했던 말을 또 하고 또 할 때는 얼마나 짜증이 나는지. 예전에 친구들이 놀러 오면 할머니 입단속부터 먼저 해야 했다. 할머니 아무 말도 하지 마. 내가 엄포를 놓으면 아이들이 나를 못됐다고 나무랐다. 할머니한테 무슨 말버릇이 그러냐고. 그러다가 우리 집에서 몇 시간 놀다 갈 때면 아이들이 이구동성으로, 진짜 너네 할머니 말 많다 야, 라고 했을 정도다.

죽에 덴 자리를 찬물로 가라앉히고 좁은 샤워실을 나왔다. 호박죽의 달콤한 냄새가 코끝에 향긋하게 스며들었다. 할머니와 마주 앉아서 모처럼 먹는 호박죽은, 수정이를 커피점에 두고 온 찜찜한 기분을 잠시 잊을 정도로 달고 맛있었다. 할머니는 올가을 호박이 유난히 잘됐다고 좋아했다. 호박죽 두 그릇을 비우고 나니 굽고 눅눅한 골목길을 걸어올 때보다 마음이 훨씬 안정되었다.

"한 그릇 더 먹지 왜. 에미가 너 낳고 누렁덩이 호박을 다섯 통이나 먹고 부기를 안 뺐나. 호박죽 좋아하는 것도 똑 지 에미제. 아이고, 박복한 것. 조 눈이 새카만 새끼를 두고 어디 가서 뭘 하고 사는지."

할머니는 소식 없는 엄마 생각에 눈이 금세 축축해진다.

"우리 윤희가 얼마나 맘 붙일 데가 없으믄 까마귀를 친구 삼을 생각을 다 했겠노. 본시 날짐승은 집에서 키우는 기 아인데."

할머니는 한숨을 푹 내쉬었다.

"하도 저지레를 해쌓길래 쫓아냈더만은 니가 또 덜렁 찾아왔대."

"내가 돌아서서 가는데 까미가 산신당 옆에 있는 그 큰 소나무 위에서 까악, 까악 하고 울다가 날아와서 내 어깨에 앉는데? 그걸 어떻게 두고 와."

나는 할머니 눈을 마주 보았다.

"그렇게 쫓아냈는데도 참 희안하제."

할머니 이마에 주름이 깊이 잡혔다.

"까미도 밖에 친구가 없으니까 그랬겠지."

"니 외삼촌이 니를 서울로 델꼬 가서 중학교 보내겠다고 할 때, 보내줄거로. 부룩송아지 겉은 사춘기 딸아를 내가 어찌 잡을 기라고..."

할머니는 그 일을 두고두고 후회한다. 그랬더라면 내가 별나나 수정이를 만나서 겪은 그런 불행도 없었을 거라고, 슬쩍 친구 탓으로 돌린다.

깊은골에서 왕복 4시간씩 걸려 통학하느라 힘들어하는 걸 보고 할머니는 학교 근처에 자취방을 얻어, 깊은골과 내 자취방을 왔다 갔다 했다. 나도 까미를 보러 주말이면 깊은골에 갔다. 까미의 저지레는 여전했다. 할머니는 까미를 읍내에 있는 빵가게 이모할머니 집에 데려다주었다. 길들인 까마귀가 있다는 소문을 듣고 손님들이 재밌어한 건 잠깐이었다. 부리로 손님의 머리를 쪼아 상처를 내거나, 막 구워낸 빵을 쪼아대기 일쑤였다. 이모할머니는 까마귀 때문에 골치를 썩다 할머니와 의논해서 이번에는 이웃 마을에 있는 할아버지의 과수원으로 보냈다. 할머니는 정신대에 끌려가지 않으려고 한마을에 사는 할아버지와 조혼을 했다는데 어쩐 일인지 두 분은 사이가 별로 좋지 않았다. 그래서인지 할아버지는 과수원에서 잘 내려오지 않으셨다.

앵두가 빨갛게 익은 어느 늦은 봄날, 나는 깊은골 할아버지의 과수원으로 까미를 보러 갔다. 그곳에서도 까미는 여전히 말썽꾸러기였다. 사과를 쪼아서 못 쓰게 하고 일꾼이 벗어놓은 모자를 물어다 우물에 빠뜨리고, 수령이 백년도 넘은 앵두나무에 올라가 할아버지가 좋아하는 빨간 앵두 열매를 쪼아댔다. 할아버지는 까마귀 심술이 놀부 심술 못지않다고 푸념하셨다. 그러잖아도 여름 방학이 되면 까미를 할머니집으로 데려올 참이었다. 그동안만 말썽 피우지 말고 잘 지내고 있으라고 날개를 쓰다듬어주었다. 그것이 마지막이 될 줄은 꿈에도 생각지 못한 채.

내가 할아버지 집을 나서자 까미는 앵두나무에 냉큼 올라가 앉았다. 나는 앵두나무를 돌아보며 까미를 향해 손을 흔들었다. 까미는 마치 그런 나를 배웅하기라도 하는 것처럼 까우-우-워악 까우-우-우워악 하고 울었다.

그때 옆집 우물가에서는 아주머니가 반지를 벗어놓고 점심상을 차릴 야채를 다듬고 있었다. 벗어놓은 금반지가 햇살에 반짝이는 것을 본 까미는 반지를 겨냥하고 우물가로 내려앉았다. 그러고는 반지를 덥석 물었다. 아주머니는 깜짝 놀라 까미를 따라가며 이놈의 까마귀, 반지 내놓으라고 악다구니를 했다. 아주머니는 씩씩거리며 까미를 잡으려고 이리 뛰고 저리 뛰었다. 까미는 잡힐 듯하면 훌쩍 날아오르기를 반복하며 도망쳤다. 녀석은 장난스럽게도 할아버지네 재래식 화장실까지 날아가더니 똥통에다가 반지를 톡 떨어뜨렸다. 아주 깊은 똥통이었다. 반지를 건지려면 똥을 다 퍼내야 할 판이었다. 약이 바짝 오른 아주머니가 그물을 들고 나와 까미를 향해 던졌다. 까미는 용케 그물을 피해 앵두나무 꼭대기에 올라가 앉았다. 잘 익은 빨간 앵두들이 아주머니의 머리 위로 투두둑 떨어졌다. 아주머니는 이 미물이 나를 조롱하는 건가 싶어 화가 머리끝까지 나서 고함을 질렀다. 점심상을 기다리던 그녀의 남편이 고함소리를 듣고 밖으로 나왔다. 남편이 아내에게서 자초지종을 듣고 할아버지에게 단걸음에 달려가서 반지값 물어내라고 소리쳤다. 할아버지는 옆집 남자와 원수처럼 으르렁거리는 사이였다. 그래서 대신 복수를 해준 까마귀가 기특하기까지 했다. 반지값은 물어주면 될 터였다. 그렇지만 얼마 전에 자기 집 담을 넘어갔다고 앵두나무 생가지를 잘라버린 못된 소행이 생각나서 이참에 좀 애를 태우고 줄 요량이었다.

"시건 없는 날짐승이 한 일을 와 내한테 와서 따지는 교."

할아버지는 터져 나오려는 웃음을 참으며 말했다. 미처 그 말이 불러올 파장을 짐작조차 못 한 채. 성질 급한 옆집 남자는 단걸음에 안방으로 들어가 엽총을 가지고 나왔다. 까미는 앵두나무에 올라앉아, 그새 반지 일은 잊었는지, 내가 사라진 길을 내려다보며 '까우우우우워악! 까우우우워아악' 하고 울었다. 까미를 발견한 옆집 남자는 앵두나무 뒤로 살금살금 다가갔다. 한 발의 총성이 울렸다. 할아버지가 총소리를 듣고 맨발로 뛰어나갔을 때, 까미는 이미 앵두나무에서 떨어져 피를 흘리고 있었다.

"내가 그날, 까미를 할머니 집으로 데려왔으면 아무 일이 없었을 텐데."

"지 명이 그뿐인 걸 우짜겠노."

할머니의 그런 말이 내게는 전혀 위로가 되지 않았다.

"아이고 별로 한 일도 없는데 와 이리 피곤하노. 서울도 인자 마지막인가 싶으다. 저 베개 좀 도고."

할머니가 침대 위에 놓인 베개를 가리켰다. 나는 할머니가 손수 바느질해서 만든 솜 이부자리를 방바닥에 깔았다.

"네 증조할머니처럼 자던 잠에 가야지."

할머니가 말했다. 윤달이 들어 있는 해에 해두면 좋다

고 지난 여름에는 '먼옷'이라고 부르는 수의까지 지어놓고 예사로 죽음을 준비하고 있었다. 깊은골 할머니 집 장롱 맨 아래에는 언제부턴가 영정사진이, 이젠 먼옷과 함께 가지런히 놓여 있다.

"먼저 잔데이."

할머니는 이불을 덮고 누웠다. 그러고는 마치 한 발이 수렁논으로 빠져드는 사람처럼 이내 잠이 드셨다. 깊고 추진 잠이었다. 나도 할머니 옆에 나란히 누웠다. 할머니의 잠은 전염성이 강해서 곁에 누우면 나도 모르게 스르르 잠이 들곤 했는데 오늘따라 영 잠이 오지 않는다.

그날 벌 청소를 하다가 누군가 떨어뜨린 10만 원권 수표 한 장을 주웠다. 생전 처음 만져보는 수표였다. 별아를 불렀더니 어딜 갔는지 보이지 않아서 수정이 청소구역인 아래층 화장실로 내려가 보았다. 아, 거기서 나는 그만 못볼 것을 보고 말았다. 내가 오는 줄도 모르고 별아와 수정이가 이마를 맞대고 화장실 벽에 붙어 있었다. 그제야 아이들이 별아와 수정이를 이반이라고 쑥덕거리던 기억이 났다. 처음 담배를 피웠을 때보다 더 어지러웠다. 나는 재빨리 그곳을 벗어났다. 마음이 영 진정되지 않았다. 까닭 없이 눈물이 나왔다. 곧 청소를 끝낸 아이들이 모여들었다. 나는 공연히 호들갑을 떨며 수표를 흔들었다. 아이들은 신이 나서 청소가 끝나자마자 시내 노래방으로 몰려갔다. 우리는 아무런 근심 없이 술 마시고 노래하고 춤을 추었다. 정작 걱정이 된 건 그날 밤이었다. 수표 주인이 나타나고 우리가 수표를 써버린 게 밝혀지면 어떻게 되는 걸까. 생각하면 아찔했다. 나는 밤새 뒤척이느라 늦잠을 잤다. 아침에 눈을 뜨니 해가 중천에 떠 있었다. 삐삐에는 별아의 발신 번호가 주루룩 떴다. 8282(빨리빨리)나 100(백back-돌아와), 11555(이리로 와요) 같은 숫자 암호들도 눈에 띄었다. 수표를 분실한 사람이 나타나지 않았으니까 빨리 학교로 오라는 음성메시지였다. 벌 청소가 끝날 때까지 아무 일도 일어나지 않았다. 우리는 점점 대담해졌다. 3학년이 되어서는 용돈이 궁하면 별 죄책감도 없이 신입생들에게서 돈을 빼앗아 쓰기도 하고 동네 슈퍼에 가서 예사로 물건을 훔쳤다. 방과 후에는 모여서 시내로 나갔다가 동네로 돌아와서 또 밤늦게까지 지치도록 쏘다니다 헤어졌다. 성적은 점점 바닥으로 떨어졌다. 할머니가 실망할 생각을 하면 성가시고 짜증이 나서 성적표를 숨겼다. 비 올 때, 할머니가 학교 앞에 우산을 갖고 나타나면 다시는 우산 갖고 오지 말랬지, 하고 화를 버럭 내고, 우연히 버스정류장 같은 데서 짐 보따리를 든 할머니를 만나면 모른 척 피해

버렸다. 이유를 알 수 없는 반항심이 내 안에서 부피를 키우고 있었다. 아이들과 함께 있으면 비로소 안심이 되고 힘이 났다. 우리는 틈만 나면 어설픈 어른 흉내를 내어 노래방이나 나이트클럽을 드나들었다. 그날은 가는 곳마다 신분증 검사에 걸려 갈 데가 없었다. 우리는 도시 변두리를 돌아다녔다. IMF 직후라 건설회사들의 부도로 미분양된 아파트들이 많았다. 우연히 방치된 아파트 단지 하나를 발견했다. 불이 켜진 집이 몇 되지 않았다.

"괜찮은데?"

별아가 눈을 반짝 빛냈다. 아이들은 돌아다니느라 지쳐서 함께 있을 수만 있다면 어딜 가든 상관없었다. 우리는 1층에 있는 빈 상가에 들어가서 놀았다. 우리보다 먼저 누군가 다녀간 흔적이 역력했다. 쓰레기들이 굴러다니는 그곳에서 술 마시고 담배 피면서 춤을 추다 보면 이내 밤이 깊었다. 그다음부터는 시내에 나갔다가 갈 데가 없으면 누가 먼저랄 것도 없이 그곳으로 몰려갔다.

그날은 수정이의 생일이었다. 생일파티를 해준다고 아이들이 돈을 모아 케이크랑 샴페인을 샀다. 별아가 수정이를 위해 춤을 추었다. 수정이는 연신 박수를 치며 좋아했지만 내겐 별아의 춤이 아무런 감동도 주지 못했다. 다른 아이들은 별아와 수정이 사이를 알고 있는 눈치였다. 아이들은 케이크랑 샴페인을 나누어 마셨다. 나는 술을 잘 못 마시는데도 불구하고 두 잔이나 연거푸 마셨다. 술이 취하는 느낌이었다.

"바람나서 집 나갈 땐 언제고 이제 와서 자기가 뭔데 엄마 노릇 하려 들어?"

얼굴이 불그레해진 수정이가 툴툴거렸다. 새벽까지 게임하다 엄마한테 야단맞고 생일날 아침부터 대판 싸웠다고 했다. 수정이에게 알 수 없는 질투심이 끓어올랐다.

"호강 쩌네. 난 그런 엄마라도 옆에 있기만 하면 소원이 없겠다. 너 누구 염장 지르냐."

나는 담배를 비벼 끄고 수정이를 노려보았다.

"어, 미안. 내가 말을 잘못했다 야. 미안."

수정이가 안절부절못했다.

"그게 뭐 사과할 일이냐. 오윤희, 너 왜 그래 요새 진짜. 아 짜증나."

별아가 화난 얼굴로 내 앞으로 바짝 다가들었다.

"내가 뭘?"

별아를 노려보는데 가슴이 무너지는 것처럼 아팠다. 나는 기어이 울음을 터뜨리고 말았다.

"그게 울 일이냐. 난 차라리 아빠가 교도소에 있느니 죽어버렸으면 좋겠다. 그러면 떳떳하게 그리워할 수나 있지."

별아가 아랫입술을 윗니로 꽉 깨물었다.

"야, 노스트라다무스가 1999년이면 지구가 멸망한댔어. 엄마가 있으면 뭐하고 아빠가 있음 뭐해. 내년이면 우린 다 죽는다구."

혜영이가 소리를 질렀다. 그러자 다른 아이들이 끼어들어 그런 종말론을 믿느냐는 등 말도 안 되는 시비가 붙고, 그걸 말리느라 또 소란스러웠다. 그때 누군가 문을 두드렸다. 아이들이 깜짝 놀라 한쪽 벽면으로 모여들어 몸을 바짝 붙였다.

별아가 쉿 하고 입술에 집게손가락을 갖다 대었다. 문 두드리는 소리가 점점 크고 거세졌다. 아이들은 잔뜩 긴장했다. 조금 있으니 바깥이 조용해졌다. 아이들은 언제 그랬냐는 듯이 다시 소리를 지르고 소란을 피웠다. 곧 누군가 또 문을 두드렸다. 아이들은 문 두드리는 소리가 들리면 또 숨을 곳을 찾느라 깔깔거리며 뛰어다녔다. 그때 멀리서 경찰차 사이렌 소리가 들렸다. 아무도 그 소리가 우리를 향해 달려오는 걸 거라고는 짐작조차 못 했다. 그런데 점점 사이렌 소리가 다급해지더니 바로 옆에서 들렸다. 아이들이 무슨 일인가 하고 불안한 얼굴로 창밖을 내다보았다.

"경찰차야."

수정이가 깜짝 놀라 비명을 질렀다.

"씨발, 누가 신고를 했지?"

별아가 침을 탁 뱉었다. 아이들의 얼굴이 새파랗게 질렸다. 한순간 우리가 겁 없이 빈 상가 건물에 들어온 것이 무슨 엄청난 범죄같이 느껴졌다.

"튀자."

수정이가 짧은 외마디 같은 비명을 질렀다. 마치 영화 속의 도망자가 되어버린 기분이었다. 문을 열고 나가 계단을 뛰어오르기 시작했다. 엘리베이터가 있다는 것도 잊은 채 15층 옥상까지 올라가자 더 이상 갈 곳이 없었다. 우리는 오도 가도 못한 채 우왕좌왕했다.

"야, 건너가자."

별아가 말했다. 건물 옥상에서 옆 건물과의 거리는 힘껏 뛰면 건너갈 수 있을 정도는 되었다. 하지만 자칫 발을 헛디디면 아래로 떨어질 수도 있었다. 15층이나 되는 아찔한 높이였다. 경찰에게 붙잡히지 않으려면 선택의 여지가 없었다. 아이들은 금방이라도 경찰이 총구를 들이대며 올라올 것처럼 혼비백산했다. 한 아이가 건너뛰었다. 그러자 다른 아이가 겁없이 차례로, 뒤따라 건너뛰었다. 수정이와 아이들이 건너편에서 빨리 건너오라고 발을 동동 구르며 재촉했다.

문득 아이들이 건너간 건물 동과 내가 서 있는 동 사이가 이승과 저승처럼 멀어 보였다. 도무지 건너뛸 용기가 나지 않았다. 반지를 똥통에 빠트리고 앵두나무 위에 올라앉아 총에 맞아 아래로 떨어져 내린 까미의 모습에, 경찰관의 총에 맞아 아파트 아래로 떨어져 내릴 내 모습이 오버랩되었다. 발이 땅에 붙은 듯이 한 발짝도 뗄 수가 없었다. 나는 그 자리에 풀썩 주저앉았다.

"야, 오윤희, 빨리 일어나."

별아가 소리쳤다.

"나 고소공포증 있어. 너 먼저 건너가. 난 안 되겠어."

금방이라도 경찰이 권총을 들고 옥상으로 올라올 것 같아 다급해졌다. 그러는 사이 수정이랑 아이들은 건너편 옥상에서 보이지 않았다.

"가만 있어 봐. 나랑 같이 뛰자. 잡히면 안 돼."

별아가 울상을 지었다. 그 아이의 눈은 어딘가 먼 데에 가 있는 것 같았다. 교도소에 있는 아빠와 늘 입술이 터 있는 미장일하는 엄마를 떠올리고 있는지도 모를 일이었다. 나는 별아의 그 낯설고 적막한 표정을 보고는 도저히 더 앉아 있을 수가 없었다. 별아는 내 손을 잡고 하나, 둘, 셋 하고 힘껏 뛰어올랐다. 건너편 옥상으로 발이 닿는 순간이었다. 맞잡은 별아의 손이 내 손바닥 사이로 빠져나갔다.

미처 건너편 옥상 위에 발이 닿기 직전이었다. 믿을 수 없는 외마디 비명 소리가 저물녘 하늘의 공기를 날카롭게 가르며 멀어져갔다.

별아가 그리 어이없이 죽고 남은 여섯 아이들은 보호감호소에 들어갔다. 한 방에 두 명씩 들어가는, CCTV가 설치된 그 방은 둘이 눕기에는 너무 좁았다. 나는 수정이랑 한 방이었다. 할머니는 면회 올 때면 매점에서 간식으로 핫바나 우유를 사고 학종이를 사 넣어줄 때도 꼭 수정이 몫까지 더 챙겨주었다. 나는 면회실 유리창 너머에서 그럴 필요 없다고 할머니에게 화를 발칵 내곤 했다. 할머니는 수정이랑 사이좋게 지내야 빨리 나올 수 있다고 절대로 싸우지 말라고 타일렀지만, 우리는 아무것도 아닌 일로 툭하면 싸우고 토라졌다. 좁은 방에서 수정이와 등을 돌리고 누우면 죽고 싶다는 말이 한숨처럼 튀어나왔다. 2학년 학기말쯤에 급식소에서 별아가 우리 친구 할까 하고 말했을 때, 그 세상을 다 가진 듯이 기뻤던 순간에는 이렇게 CCTV가 노려보는 좁은 방 안에 갇히게 될 거라고 상상이나 했을까. 잠이 들면, 별아와 까미가 함께 공중에서 떨어져 내렸다. 소스라치며 놀라 깨어나면 수정이는 세상 태평한 얼굴로 잠들어 있었다.

할머니는 꿈속에서도 달콤한 호박죽을 먹는지 자꾸만 입맛을 다신다. 호박죽에 덴 손등이 또다시 욱신욱신하게 쓰려오기 시작했다. 별아 엄마가 너 한번 보고 싶어 해. 수정이의 말이 떠올랐다. 그때 가서 마음이 바뀔지는 모르겠지만 다음 주 시험이 끝나고 나면 청라에 한번 다녀와야겠다는 생각을 했다.

할머니 품에 얼굴을 묻었다. 어느 순간, 할머니의 수렁논처럼 추진 잠에 전염된 듯 스르르 잠에 빠져들었다.

우리들

아우성치듯 깨똑거리던 카톡을 열어본 건 퇴근 후였다. 문자가 300개가 넘었다. 숙희가, 3학년 1반 단톡방에 올린 낙엽전 공지에 달린 댓글들이었다. 고3 때 우리 반 반장이었던 숙희의 전통찻집이 서면 영광도서 부근에 있었다. 거기서 매해 시월의 마지막 밤이면 반창회가 열리곤 했다. 올해는 반창회를 특별히 낙엽전으로 꾸밀 모양이었다. 낙엽전은 우리 학교 가을 축제 때마다 하던 연례 행사였다.

멀리 있는 동창들까지 다 연락했어. 엎어지면 코 닿을 데 있는 부산 친구들은 올 출석해야 된다.

저녁밥이나 먹고 보라고 지청구를 하는 노모의 말을 못 들은 체하고 소파에 드러누웠다. 댓글을 읽는데 미경이 소식이 올라와 있었다. 나도 모르게 벌떡 일어나 앉았다. 가습이 철렁했다. 한때는 미경이 소식을 알려고 수소문도 무던히 했었건만. 잊고 산 세월도 그만큼은 되지 싶었다.

이민을 갔거나 죽은 게 아니라면 어떻게 37년 동안 그리 코빼기 한 번 안 보일 수가 있노, 독한 년.

숙희는 미경이 이야기가 나오면 입술을 뾰족이 내밀고 독한 년이라 했다.

VJ특공대 재방송에 사과따기 체험농장 주인이 나오는데 미경이더라고.

왕년의 진 반장 아니랄까 봐 동창들 소식 꿰는 데는 단연 진숙희였다. 국내는 물론 해외에 나간 친구들까지. 숙희네 전통찻집이 동창들의 아지트 역할을 한 공이 크긴 했다. 그런 숙희의 레이더망에도 잡히지 않고 애를 태우던 친구가 미경이었다.

눈 씻고 봐도 살이 좀 찐 거 빼곤 영락없이 미경이야. 인터넷에 들어가 보니까 '이브농장의 봄'이라는 동영상이 뜨는데 미경이네 농장 이야기데. 그쪽 지역 신문이며 방송에도 여러 번 소개가 됐더라고. 맨날 인터넷 하면서도 등잔 밑이 어둡제? 검색 한번 해봐. 둘이가 보험여왕이 되어 책도 내고 아침마당에도 나오더니 이번에는 미경이가 매스컴 타네.

숙희의 카톡 문자를 읽자마자 이브농장 김미경을 검색

했다. 기사가 주르륵 떴다. 왜 그동안 인터넷으로는 찾아볼 생각을 못했던 건지. EBS 다큐 〈인생〉의 시그널 뮤직이 흘러나오고 '이브농장의 봄'이란 자막이 뜨자 어쩔 수 없이 가슴이 두근거렸다. 나는 재빨리 스마트폰을 끄고 내 방으로 들어가 데스크톱 컴퓨터를 켰다.

미경이는 우리 반에서 제일 먼저 결혼해서 진작 부산을 떠났다. 범일동 행복예식장이었던가. 결혼식 피로연 자리에서 덕담 한마디 하라는 걸 울컥 눈물이 나서 좋은 날 왜 그래, 하는 핀잔을 받았던 기억이 났다. 폐백실에서 큰절을 넙죽넙죽 잘도 하던 신랑은 시골 땅 부잣집 장남이라고 했다. 삯바느질을 하던 미경이 어머니가 밥걱정은 없을 거라고 좋아하셨는데. 그 이후 누구도 미경이 소식을 알지 못했다.

자막이 사라지자 팝콘 같은 하얀 사과 꽃이 터지는 장면이 화면 가득 찼다. 만개한 사과 꽃 속에 꿀벌 한 마리가 날아와 앉았다. 카메라는 사과 꽃 수술에 앉은 꿀벌이 파르르 날개를 떠는 모습을 비추다가, 휠체어에 앉아 있는 머리가 희끗한 중년남자를 잡았다. 상체를 종이 접듯 착착 접으며 큰절하던 모습이 떠올랐다. 가만히 보니 흰머리를 빼면 영락없이 결혼식 때의 그 새신랑이었다. 휠체어에 앉은 채 팔을 뻗어 손에 닿는 사과나무 한 가지를 잡아 꽃을 솎아주고 있었다. 나도 모르게 손바닥으로 입을 가렸다.
아, 하는 낮은 탄식이 새어나왔다.

이 예쁜 사과 꽃을 아깝게 왜 다 따버리는 거죠?

화면에 보이지 않는 피디가 물었다.

꽃 진 자리에 열매가 맺히는데 지금 꽃이 너무 빽빽하게 피었잖아요. 한 가지에 사과가 너무 많이 달리면 무거워서 가지도 꺾이고 잘 크지도 못하거든요. 잔가지에 이렇게 하나만 남기고 다 솎아줘야 햇빛 넉넉히 받고 씨알도 굵게 자라지요.

그가 사람 좋게 웃어 보였다.

이번에는 사과나무 위에 올라가 있는 사내처럼 튼튼한 중년여자가 카메라에 잡혔다. 전기톱으로 죽은 나무둥치를 잘라내고 있었다. 거친 모터 소리가 사과밭을 가득 채웠다. 노동으로 단련된 단단한 팔뚝을 들어 여자가 복면마스크를 벗고 이마를 닦는 장면이 클로즈업되었다. 미경이었다. 가슴이 쿵하고 내려앉았다. 까만 피부에 깡마른 몸, 유난히 두 눈이 반짝거리던, 그 소녀는 어디로 가버렸을까.

제가 20년 전 사고로 하반신 마비가 되는 바람에 저 사람이 나 대신 일하느라 고생이죠. 볼 때마다 마음이 짠해요. 일 하나는 참 맘에 들게 잘하거든요. 어지간한 남정네

셋이 붙여놔도 우리 집사람 하나 못 따라가지요.

그가 다시 복면 마스크를 쓴 아내 쪽을 바라보며 흡족하게 웃었다. 어깨에서부터 힘이 빠져 달아났다.

장애를 극복한 남편과 농장 일을 억척스레 해내는 아내.

다큐는 온갖 시행착오 끝에 2만 평이나 되는 사과농장을 일구어낸 그들 부부의 성공담으로 마무리되었다.

커피 생각이 간절했다. 원두를 갈아 커피를 내리고 습관적으로 FM라디오를 켰다. 〈세상의 모든 음악〉이 끝나가고 있었다. 시험공부를 핑계로 학교에 남아 깜깜해진 교실 창가에서 불도 켜지 않은 채 끝도 없이 이야기를 나누었던 미경이의 모습이 잠시 떠올랐다 사라졌다.

나는 컴퓨터 책상 위에 커피 잔을 내려놓고 이브농장 홈페이지를 클릭했다. 농장 전화번호를 확인하고 안부문자를 쓰고 내가 근무하는 그룹 홈 주소로 사과를 주문했다.

* * *

우리 사과 맛이 어때?

미경이 전화였다. 37년 만의 첫 인사가 단도직입 사과 맛이 어떠냐니. 그 긴 세월의 간극만큼이나 생뚱맞았다. 사과 맛을 판정받으려고 심판관 앞에라도 선 듯 침착하고 다소곳한 목소리였다. 마침 그룹 홈의 아이들과 둘러앉아 강 선생이 깎아 온 사과를 먹고 있던 중이었다. 아이들이 어찌나 맛있게 먹는지 깎기가 무섭게 접시가 비곤 했다.

응. 밀양 얼음골 사과 뺨치게 맛있어. 속에 노란 꿀이 꽉 밴 게 진짜 달고 시원하네.

내 말이 떨어지기 무섭게 미경이가 말했다.

우리 사과는 밀양 사과랑은 또 달라. 사과는 고랭지라야 재배하기 쉽거든. 이곳은 익산에서도 특히 기온 차가 크고 토양이 기름져. 비료 하나 안 주고 자연 그대로 키우는데도 사과 맛이 좀 특별하지. 이 과수원에 내 30년 청춘을 몽땅 다 바쳤어. 우리 사과 맛있다는 소문 탄 지 오래야. 신문이며 TV방송에도 자주 나와. 다른 농장주들도 견학 오고. 그 바람에 광고가 절로 돼서 이 일대뿐 아니라 먼 지역에서도 서로 사 가려고 경쟁이야. 명절에는 두 달 전에 예약이 끝나거든.

자기 사과에 대한 미경이의 자부심이 거침없었다. 공연히 밀양 얼음골 사과랑 비교한 것이 무안할 지경이었다. 그런데 이 친구 또 뜻밖의 말을 한다.

우리 대B여상 얼굴에 먹칠 안 할라고 내가 얼마나 열심히 사과나무를 가꾼 줄 아니?

이게 무슨 소린가. 나는 내 귀를 의심했다. 우리 부모님

얼굴에 먹칠 '안 할라고'도 아니고 수십 년 전에 졸업한 B
여상에 먹칠 '안 할라고'라니. 그것도 대B여상이라니. 그
만만찮았을 세월의 공을 까마득한 출신 학교에 돌리는 저
순정한 애교심은 뭘까. 세상에, 그것도 누군가에게는 한참
무시당하는 학교를. 미경이가 B여상 앞에 비장하게도 '대'
자를 딱 붙이는 순간 나는 그녀를 다시 보았다. 그것은 사
과 맛과는 비교할 수 없는 낯선 충격이었다.

　여상 출신들은, 굳이 묻지 않으면 제 스스로 여상 나왔
단 말을 잘 하지 않는다. 우리의 현대 소설에 등장하는 여
상 출신들은 대개 주변부로 전락한 추레한 인물들이다. 현
실에 뿌리 내리지 못한 신산한 삶의 전형으로 등장하거나
예사로 희화화되기 일쑤다.

　동창들 모이면 여상 나왔다고 무시당한 기억들 한두 가
지씩은 털어놓는다. 내게도 기억나는 일이 있다. 후배 시
인의 문학상 당선 축하 자리에 갔을 때였다. 무슨 이야기
끝에 후배 시인과 문학 담당인 류 기자가 서로 고교 동문
이란 걸 알게 되었다. 두 사람이 단박에 형, 아우 하면서
십년지기나 된 듯 엉겼다. 부산바닥 참 좁지요 해가면서.
그 바람에 일행들의 출신 고교 이름이 죽 불려 나왔다. 상
고 출신 대통령에게 야당 대변인이, 다음 대통령은 대학
나온 사람이 해야 한다는 막말을 예사로 하던 촌스런 시절

이었다.

류 기자가 내 쪽으로 몸을 기울이며 친근하게 물었다.

우리 박 시인은 어느 여고 나왔어요?

저는 여고 아니고 여상 나왔습니다.

류 기자가 재빨리 몸을 세우더니 눈을 크게 떴다.

여상 출신이었어요?

종결어미의 억양이 심하게 올라갔다. 상대가 힘을 빼는 바람에 쿵하고 바닥으로 떨어지는 시소에 앉은 느낌이었다. 그게 그리 놀랄 일이었나. 나는 고개를 옆으로 돌려 류 기자를 빤히 마주 보았다.

에이. 그럼 뭐 박 시인도 별 볼일 없네요. 난 또…

한순간 안경너머로 싸늘해지던 눈빛과 입가에 어린 옅은 조소를 보면서, 나는 마치 자신이 불가촉천민으로 전락한 듯 소외감을 느꼈다.

그는 자신이 명문대학 출신인 걸 은근히 드러내길 좋아하는 부류였다. 자부심이란 얼마나 선량한가. 문제는 그런 자부심이 자신들을 언제까지나 안전하게 지켜줄 거란 사실을 맹신하여 학력 없는 사람들을 차별하고, 부지불식간에 서열화하려 드는 우월감에 있다.

학벌로 사람을 평가하는 류 기자님이 더 별 볼일 없는 거 아닌가요? 그런 유치한 감수성을 가진 분이 문학 기자라니 진짜 별 볼일 없는데요?

옆에 앉은 후배 시인이 내 옆구리를 쿡 찔렀다. 날 선 말들이 더 딸려 나오려는 걸 삼킬 수밖에 없었다. 후배 시인의 만류도 있었지만 무엇보다 축하자리를 불편하게 하고 싶지 않았다. 별안간 구차하고 따분한 기분이 엄습해왔다.

학교가 대신동에 있던 그 시절, 우리는 이웃에 있는 B여고 아이들과 매일 같은 버스로 통학했다. 아무도 눈치 주거나 뭐라는 사람이 없는데도, B여고 아이들 앞에 서면 공연히 기가 죽었다.

윤리시간이었다. 선생님이 물었다.

자유의 반대말이 뭔지 아나?

아이들이 대답했다.

부자유, 구속, 억압, 독재…

선생님 말씀은 의외였다.

자유의 반대는 무지야. 너희들이 세상의 차별과 편견에서 자유로워지려면 무지에서 벗어나야 된다. 독서해라.

그 말이 우리들 가슴에 콕 박혔다. 쉬는 시간 종이 울리면 마룻바닥에 다다다다 발소리를 내면서 복도 끝에 있는 도서실로 내달렸다. 대학 입시 부담이 없었으므로 독서하기엔 여상만큼 좋은 환경이 없었다.

하지만 졸업하고 사회에 나와서 우리는 본능적으로 깨달았다. 독서를 많이 한다고 해서 자유의 날개를 달 수 있는 건 아니란 걸. 아무리 독서를 많이 해 봤자 우리는 여고 출신과 다르다는 것을.

지금은 유명인사가 된 우리 반 오둘이. 주산 5단에 부기가 1급으로 은행 공채에 척 붙은 애살 많고 실력 있는 친구였다. 이 친구, B여고 나온 제 중학교 동기들 틈에 끼어서 B대학 법학과 남학생들과 미팅을 했다. 남학생들은 졸업 축제에 데려갈 여자 파트너가 필요했다. 뭐든 일괄적이고 획일적인 게 좋은 건 줄 알았던 군사정권 시절, 주선자는 별 고민 없이 둘이까지 모두 B여고 동창이라고 소개했다. 일행 중에서 유일한 여상 출신이었던 둘이는 그 순간 주선자가 정말 고마웠단다. 그 사소한 거짓말이 어떻게 제 발목을 잡게 될 줄 미처 생각지도 못한 채. 이 친구, 그게 죄밑이 되어 좌불안석했다. 그러면서도 대학축제에 가서 파트너가 된 법대생과 블루스를 췄다고 얼굴을 붉혔다.

백고가 불여일불이래.

둘이가 클클 웃었다. 고고춤 백 번 춰본들 블루스 한 번 딱 끌어안고 추는 것만 못하다는. 남자들끼리 낄낄대며 하는 농담이었다. 블루스 한 번에 사랑에 빠진 이 순진한 친구.

중국집 가서 나무젓가락을 뜯는데, 아무리 신중하게 뜯어도 나는 꼭 오른쪽이 많이 붙어.

둘이가 얼굴을 붉혔다. 오른쪽이 많이 붙으면 상대방이 자기를 더 좋아하는 거고 왼쪽이 많이 붙으면 자기가 상대방을 더 좋아하는 건데, 아무래도 자기가 법대생을 더 좋아하는 것 같다고.

그녀의 사랑이 깊어갈수록 고민도 따라 깊어졌다. 법대생 졸업식에 초대받았다고 어쩔 줄 모르던 것도 잠시였다. 어느 날, 펑펑 울면서 내게 전화를 했다. 법대생에게 결별 선언을 해버렸다고. 영문도 모른 채 자기를 버리지 말아달라고 매달리는 그에게, 이번에는 미국으로 유학 간다고 또 거짓말을 해버렸으니. 거짓말과 허세는 한 번으로 끝나지 않는 게 문제다.

위로주 한 잔 사줄래.

둘이가 말했다. 집이 영도 대평동이라 친구들이 남포동 나오면 노상 나를 불러냈다. 대평동은 통통배를 타면 남포동까지 5분이면 나갈 수 있는 거리여서 친구들의 호출을 마다해본 적이 없었다. 용두산공원 뒤편에 있던 목로가 놓인 주점에서 고갈비를 안주로 막걸리 몇 잔에 취해버린 이 친구. 또 훌쩍훌쩍 울기 시작했다. 덩달아 나도 취기가 올랐다.

야, 니답지 않게 뭘 울고 그라노. 첫사랑이 이루어지는 거 봤나. 이루어지면 그기 첫사랑이가. 첫사랑이 지나가야 두 번째 세 번째 사랑도 오는 거 아이가. 그래도 첫사랑 남자한테 영원히 B여고 출신 미국유학생으로 멋있게 남을 텐데 뭘 그라노. 자, 술이나 마셔라.

나는 호기를 부리며 다 찌그러진 친구의 양은 막걸리 잔을 부딪쳤다.

졸업식에 와달라는데 내가 거길 어떻게 가노. 그 사람 가족들이 다 올 건데.

남자의 졸업식에 간다는 건 결혼 상대라고 공표하는 것과 다름없던 시절이었다.

왜 못 가노.

어디 나왔냐고 물으면 B여상 나왔다고 어떻게 말하노, 자존심 상하게.

둘이가 힘없이 나를 쳐다보았다. 안 그렇나, 하고 내게 동조를 바라는 눈빛이었다. 그 눈빛이 안돼 보이면서도 거슬렸다.

그걸 당당히 밝히면 자존심이 안 상하지. 여상 나온 게 무슨 죄가. 너는 네 엄마가 문둥이면 꽁꽁 숨길 년이네. 진짜 자존심은 문둥이 엄마지만 내 엄마라고 당당히 내보이는 용기 아이가.

나 또한 안 그렇나, 하는 눈으로 그녀를 쏘아보았다.

네가 내 입장이 돼봐라. 형은 서울대, 여동생은 이댄데, 내가 여상 나왔다는 거 알면 얼마나 깔보겠노.

학력이란 건 겨울 지나면 결국 장롱에 처박힐 겨울 외투 같은 거 아이가.

그러는 니는 왜 대학 갈 준비를 하는데.

혼자 시 공부하기 어려워서 가는 거지 학력 때문은 아니다.

잘난 척하기는. 나한테는 그런 말 조금도 위로가 안 돼.

대학이 그리 중요하다 싶으면 은행은 시간도 좋은데 야간 대학이라도 들어가라매. 아니면 아무도 니한테 학력 가지고 시비 걸 수 없을 만큼 특별하고 남다른 걸 가져보든지.

다시 막걸리 잔을 잡으며 나는 둘이를 안타까운 눈으로 건너다보았다.

난 돈을 왕창 벌고 싶어. 그래서 아무도 나를 깔보지 못하게 할 거야.

나는 빈 막걸리 잔을 채워 반쯤 마시고 탁자에 내려놓았다.

그래? 왕창 벌어서 얻다 쓸 건데.

내 목소리가 불퉁하게 나갔다. 별안간 둘이의 얼굴이

단무지 색깔로 변했다. 금방이라도 토할 것처럼 입을 틀어막고 황급히 일어서서 뛰어나갔다. 나는 화장실로 내달리는 둘이를 뒤따라갔다. 삐걱거리는 나무문을 몇 개나 열고 들어가야 나오는 이상한 화장실이었다. 지저분한 좌식 변기에 대고 웩웩거리는 둘이의 등을 두드려주고 다시 나무문을 몇 개나 열고 나와서는 또 마시고 울고 토하고. 정말이지 그 술주정을 곱다시 받아주어야 했다. 축 늘어진 친구를 끌고 택시에서 내려서도 계단을 한참이나 올라가야 했던 수정동 산비탈에 헐렁하게 앉아 있던 지붕 낮은 집. 온기 없는 방 한 칸에 아홉 식구가 가로세로로 섞여서 끌어안고 잠들어 있던 방. 그 방 안으로 친구를 구겨 넣는데 단무지 공장에 다니던 둘이 엄마가 인기척에 깨어나는 소리가 들렸다. 나는 뒤도 안 돌아보고 비탈길을 내려왔다. 어느 점심시간에 내가 도시락 반찬으로 싸 온 단무지를 보고 다꽝이 왜 노란 줄 아나, 하고 묻던 둘이의 목소리가 떠올랐다.

고무다라이 안에서 무를 밟다가 아줌마들이 오줌 마려우면 서서 싸버린대. 그래서 노랗대. 나는 다꽝 절대 안 먹거든.

둘이 엄마가 단무지 공장에 다닌다는 걸 진작 알고 있었지만 나는 모른 척했다. 내가 안다는 사실을 알면 단무지 이야기를 입 밖에도 안 낼 아이였다.

달빛이 환한 비탈길을 내려오면서 바라본 먼 부두의 불빛은 그날따라 왜 그렇게 아스라이 퍼져 보이던지.

그날 이후, 둘이는 내게 연락을 딱 끊어버렸다. 축 늘어진 둘이를 끌고 수정동 비탈길을 오르던 그 난감했던 순간을 떠올리면 서운한 마음이 들었지만, 나는 그것이 둘이의 그 못난 자존심 때문이었을 거라 생각하며 마음을 달랬다.

학교 때야 수업료도 제때 못 내서 서무실에 불려 다니고 힘들었지…. 근데 왜 하필이면 꼭 시험 치는 날 부르던지 몰라. 예상문제를 하나라도 더 보려고 잔뜩 긴장해 있는 애를 불러서는 돈 언제 가져올 거냐고 다그치는데. 참나. 그걸 내가 어떻게 아냐구요. 엄마가 안 주는데. 그러고 나면 전날 밤샘해서 공부한 것도 기억이 잘 안 나 시험을 망치곤 했어.

미경이가 소리 내어 웃었다.

미경이네 집에도 딱 한 번 가본 적이 있었다. 우암선 화물열차가 지나다니던 범전동 철둑길가에 있던 그 집. 범어사 하마 마을에 있던 미술 선생님의 작업장에 미경이를 따라갔다가 영도 가는 막차를 놓쳤다. 그 바람에 하는 수 없이 미경이네에서 자고 가야 했다.

미경이네도 둘이네와 별반 다를 게 없었다. 현관도 없이 문 열면 바로 단칸방이었으니까. 방 윗목에서 그때까지도 틀일을 하던 미경이 어머니가 가시나들이 겁도 없이 늦게 다닌다고 지청구를 하셨다. 재봉틀 소리를 자장가 삼아 육남매가 깊이 잠들어 있었다. 미경이가 잠든 동생들을 옆으로 밀어내고 내 자리를 만들어주었다. 그 속에 끼어 누웠지만 잠이 올 리 없었다. 함석지붕 위에서 따다닥거리며 비 오는 소리가 들렸다. 미경이 어머니가 서둘러 밖으로 나가 사과궤짝에 신발을 가득 담아 방 안에 들여놓았다. 빗소리가 강 약, 중강 약으로 함석지붕 위를 몰려다녔다. 음악 같고 율동 같던 그 빗소리를 따라다니다 깜빡 잠이 들었는데 눈을 떠보니 이른 아침이었다. 낯선 곳에서 깨어나는 아침의 그 서먹서먹한 느낌이 싫어서 미경이네 식구들이 깰세라 살며시 일어났다. 서둘러 사과궤짝을 뒤져서 신발을 찾아 신고 어느새 비가 그친 골목길로 나섰다. 그때, 별안간 기적 소리가 울렸다. 바로 눈앞에서 화물열차가 유유히 지나가고 있었다. 그 좁은 골목 안에서. 무슨 마술을 보는 것처럼 신기했다. 그런 환경 속에서도 늘 명랑함을 잃지 않던 미경이가 더 신기했지만.

그 속 깊은 아이를 야비하게 시험 치는 날 불렀단 말이지. 세상에. 그런데도 니가 이만큼 성장한 은공이 대B여상 때문이란 말이 나오나.

나는 미경이를 은근히 자극해보았다.

서무실에서야 뭐 어쩔 수 없었겠지. 우리 땐 여상 못 간 애들도 있었는데 뭐. 그래도 우리는 운이 좋았어. 훌륭한 선생님들을 만났으니까. 그거 하나만으로도 난 우리 학교 나온 게 정말 자랑스러워. 윤리 선생님이 필독서 목록을 칠판에 빽빽하게 적어주시던 기억이 나. 서로 책을 먼저 차지하려고 쉬는 시간 종 땡 치면 도서관으로 달려가곤 했잖아.

응. 생각나.

국어 시간에 입 맞춰 암송하던 고전시가며 현대시들은 지금도 기억나. 린덴바움을 원어로 가르쳐주시던 독일에서 오신 음악 선생님도 정말 좋았지. 한때 내 18번 노래가 린덴바움이었는데. 그래도 꼭 한번 만나보고 싶은 분은 역시 은경자 선생님이야.

그랬다. 미경이나 나 같은 부류는 주산이나 부기, 타자 등 여상의 중요과목에는 영 흥미가 없었다. 우리가 눈이 빠지게 기다리던 1주일에 딱 한 시간뿐이었던 미술 시간. 그것은 순전히 미술 담당인 은경자 선생님 때문이었다. 오드리 헵번 스타일의 쇼트커트와 짙고 고혹적인 색조화장은 얼마나 파격적이었던가. 어느 봄날, 전체조회 시간에는 노란 원피스를 입고 나타나서 교내를 온통 술렁이게 만들었다. 앞 단추가 주루룩 달린 노란 원피스가 그토록 기막히게 잘 어울리는 여성을 우리는 그 이전에도 이후에도 본 적이 없었으니까. 선생님을 향해 쏟아지던 남선생님들의 흔들리던 눈빛과 여선생님들의 질투와 선망이 뒤섞인 낮은 탄식이 기억난다. 늘 입가에 미소가 떠나지 않던 선생님의 음악 같은 서울 말씨에 홀려 우리들은 수업시간 내내 얼마나 황홀했던가.

고흐와 박수근과 프란시스 베이컨과 앙리 루소의 공통점이 뭘까요?

화가요.

우리들은 까닭 없이 신이 나서 마치 유치원생들처럼 소리를 질렀다.

맞아요, 화가죠. 모두 독학했다는 공통점을 가진 화가들이죠.

선생님이 화집을 들어, 어느 달밤 사막의 길 위에서, 사자가 오는 줄도 모르고 무방비로 잠든 집시 그림을 보여 주셨다.

위험해요.

외마디 비명을 지른 건 별명이 촉새인 명자였다. 아이들이 튀어 오르듯 와르르 웃었다.

걱정 말아요. 아무리 사나운 짐승이라도 이토록 평화롭게 잠든 사람을 공격하진 않아요.

교실이 떠나갈 듯 또다시 웃음이 터졌다. 책상을 두드리는 아이들도 있었다.

앙리 루소는 고졸이었어요. 세관 말단 직원에, 병든 아내와 7명의 자식을 부양하면서 미술관에 걸린 그림을 모사한 게 미술공부의 전부였지요. 그의 그림은 처음에는 아마추어 취급을 받았지만 그는 새롭고 독창적인 양식의 작품이란 호평을 받게 될 때까지 한 번도 자부심을 잃지 않았어요. 사후에는 시인 아폴리네르가 쓴 조사를 조각가 브란쿠시가 비석에 새겼을 정도로 세계미술사에 빛나는 별들 중의 하나가 되었으니까요.

선생님이 아니었으면 나는 그저 내 신세나 한탄하면서 적당히 사는 인간이 되었겠지.

미경이가 조곤조곤 마음에 품은 말을 꺼냈다. 마치 교실 창가에 기대앉아 서로의 얼굴에 천천히 어둠이 내려앉는 걸 지켜보며 끝없이 이야기를 나누던 그때처럼.

미술 선생님이 오신 뒤 개교 이래 처음으로 미술부가 생겼고 미경이는 미술부원에 뽑혔다. 교문 앞에는 주산이나 부기 경시대회와 함께 전국 사생대회 수상 소식을 알리는 현수막이 내걸리곤 했다. 대상을 받은 미경이 이름이 언제나 맨 앞에 있었다.

난 네가 화가가 될 줄 알았어…. 지금도 기억나. 범어사에서 사생대회 할 때, 화제가 소풍이었거든. 우리는 기껏해야 풀밭 위에서 돗자리 깔고 김밥 먹는 장면들을 그렸지. 근데 너는 신이 나서 걸어가는 아이들의 신발을 그렸어. 그 신발들이 그리 기특해 보인다 해싸면서. 너는 우리랑 보는 눈이 달랐어. 선생님이 너 얼마나 이뻐하셨노.

나 지금은 안 이뻐. 학교 때보다 20킬로나 더 쪘거든. 농장 일은 힘쓰는 일이라서 살 빠지면 뒷심이 없어 쉽게 지쳐. 직업에 맞게 진화한 거지. 살찌니까 피부는 좀 하얘졌어.

미경이가 딴전을 피며 웃었다.

장애를 가진 남편과 눈이 새까만 새끼들 둘에 시어른까지 거두면서 농사까지 도맡았을 때는 참 막막했었다고. 여기서 무너지면 아이들도 저처럼 수업료 제때 못 내서 선생님 눈치 보며 학교 다니게 될 거라고 생각하니까 정신이 번쩍 들더란다. 흙이라곤 학교 운동장 흙 밟아본 게 전부였을 친구가 땅을 어찌 알았을까. 세계 최고의 요리사도 처음에는 감자부터 깎는다 생각하고 배우기 시작한 농장일. 천직이라고 받아들이고 나니 조금씩 여유도 생겼단다. 이제 해외여행도 다니고, 지역의 작은 도서관 건립 기금도 보태고, 모교에도 매년 장학금을 보내어 자기처럼 수업료 못 내어서 힘든 후배들을 돕고 있다고.

그래도 남다른 재능이었는데 네가 그림을 포기한 건 정말 아깝다.

안 쓰면 사라지는 게 재능인데 뭘. 대신에 없던 재능이 생겼잖아. 요즈음 우리 농장 풍경이 그림이야. 이제 그것도 한 30년 보니까 일거리로밖에 안 보인 지 오래됐지만. 오늘도 비 오니까 이렇게 너랑 오래 통화하지 안 그러면 일에 쫓겨서 통화도 못해.

미경이가 한숨을 폭 내쉬었다.

나 아직 네가 수업시간에 나한테 쪽지질한 것, 방학 때 우리 집으로 보낸 펜글씨 편지, 여행지에서 보낸 엽서, 직접 그린 크리스마스카드, 모두 안 버리고 다 갖고 있어. 남편도 내 결혼 피로연 때 축하인사 하면서 울었던 친구라면 넌 줄 알아.

근데 어찌 그리 연락을 딱 끊고 살았노. 네가 보고 싶어서 범전동 철둑길 옆에 있던 너네 집으로 찾아간 적도 있었는데.

정말이야? 결혼하고 몇 년 뒤에 엄마 돌아가시고 나서는 동생들도 뿔뿔이 흩어지고 부산 갈 일이 없었지. 아들 부부가 농장 일 물려받으면 그땐 친구들도 찾고 그럴 생각이었지.

그랬구나. 너 이번 반창회에 온다며.

응, 체험학습이랑 수확이 겹쳐서 요즈음이 젤 바빠. 그래도 친구들 보고 싶어서 좀 늦게라도 갔다 오려고.

미경이의 목소리가 어느새 그리움에 촉촉이 젖어들고 있었다. 비를 맞고 서 있을 이브농장의 사과나무들이 눈앞에 선하게 떠올랐다.

* * *

낙엽전이 열리던 10월의 마지막 날, 나는 그룹 홈의 강 선생에게 양해를 구하고 조금 일찍 퇴근을 했다. 숙희네 찻집으로 가는 동안에도 단톡방에서는 연신 깨똑거리며 문자가 올라왔다. 둘이가 너 어디쯤 오고 있는지 묻는다야, 하는 숙희의 카톡 문자마저 들떠 보였다. 온천역 지남, 이라고 답신을 보냈다.

나는 사실 동창들 모임에 열성적인 편은 아니었다. 단짝이었던 미경이는 결혼과 동시에 연락이 두절되었고 둘이와는 어쭙잖게 사이가 틀어져버린 데다 숙희는 찻집에 가면 언제든지 볼 수 있었으니까. 공통 관심사가 별로 없는 반 친구들과 가까워지기가 쉽지 않았다. 남편이랑 자식

얘기, 부동산, 골프, 해외여행 얘기에 주야장천 열을 올리는 친구들에게 진절머리가 나서 어떤 때는 모임에 가다 도로 발길을 돌린 적도 있었다.

오늘은 같이 보겠네. 네가 오면 둘이가 빠지고 둘이가 나올 땐 네가 빠지더니.

재령이었다.

서로 알아서 피한 건 아니고?

명자가 슬쩍 농담을 끼워 넣었다. 마치 둘이와 나 사이를 다 알고 있다는 듯이 그 밑으로 "ㅋㅋㅋㅋ"하는 웃음소리가 길게 달렸다.

둘이가 이혼하고 보험영업을 한다는 이야기를 들은 건 IMF 때였다. 다니던 은행이 합병되면서 해고되었다고 했다. 동창들이 더러 보험을 들어주기도 했다는데 내겐 일절 찾아오지 않았다. 곧 서울로 이사를 갔다는 소식이 들렸다. 숙희는 서울 갈 일이 있으면 둘이네에서 잔다고 했다. K생명 FC 오둘이라고 찍힌 명함을 내보이면서 보험 아줌마를 고상하게 FC라고 부르는데 그게 재정 컨설턴트의 약자라고 했다.

둘이는 서울로 간 뒤로는 보험을 해도 시시한 사람은 상대도 안 한다고 했다. 메스컴에 오르내리는 CEO쯤 돼야

처다본다고. 회사 빌딩 근처에 숨어서 그 CEO들의 출퇴근 시간을 알아낸단다. 그 시간에 맞춰서 엘리베이터를 타고 수차례 오르내리다 보면 어느 순간 CEO가 딱 탄다고. 엘리베이터가 올라가는 그 몇 초 동안 내가 FC 오둘이라고 소개하고, 나한테 당신의 자산관리를 한번 맡겨보지 않겠냐면서 재무설계표를 딱 건넨다고. 거기까지 하면 엘리베이터 문이 땡하고 열린다고.

공공칠 작전이 따로 없제. CEO가 따라오세요 하고 자기 사무실로 가서 비서실장에게 검토해보라고 지시하면 게임 오버래. 진짜 난 년이제. 좁쌀 백 번 굴려봐야 호박 한 번 구르는 기 낫고, 지푸라기 천 개 모아봐야 기둥이 안 된다는 거지. 돈을 벌려면 있는 놈한테 붙어야 된다는 걸 동물적 감각으로 아는 거지.

숙희가 고개를 절레절레 흔들었다.

둘이는 연속 5회 전국보험여왕이 되었다. 연봉만 십수억이라고 했다. 그녀의 성공담이 『여상 출신 보험 여왕 오둘이의 세일즈 노트』라는 책으로 출판되고, KBS의 아침마당을 비롯해 종편의 대담프로에 떴다. 중앙일간지들에는 한강이 내려다보이는 아파트 서재를 배경으로 잇몸이 보이도록 활짝 웃는 사진과 함께 인터뷰 기사도 실렸다. 그때마다 둘이의 이름 앞에 붙는 '여상 출신'이란 접두사를 보면 느낌이 묘했다. 첫사랑에게조차 자존심 상해서 밝히지 못했던 출신학교가 아니었던가. 그것이 만천하에 공개되었을 때 둘이의 마음은 어땠을까. 법대생은 TV 속의 보험 여왕 오둘이가 바로 자신을 차버린 B여고 출신 미국 유학생이었다는 걸 알아봤을까.

* * *

서면 지하철 9번 출구로 나가는 에스컬레이터를 탔다. 에스컬레이터가 올라가는 만큼 미경이를 만날 기대도 부풀었다. 영광도서를 지나 숙희네 찻집으로 갔다. 2층으로 오르는 나무계단에 노란 주단처럼 은행잎이 깔려 있었다. 발밑에서 바스러지는 은행잎 때문에 계단이 미끄러웠다. 난간을 잡고 조심조심 올라가야 했다. 찻집 미닫이문 앞에 'B여상 23회 3-1반 낙엽전'이라고 적힌 작은 플래카드가 붙어 있었다. 문을 밀고 안으로 들어섰다. 숙희는 보이지 않고 마른 낙엽향이 먼저 달려 나와 코끝을 찔렀다. 발등이 푹푹 빠질 정도로 낙엽이 쌓여 있었다. 창문을 가린 대발에 걸어놓은 쫘리며 키 큰 항아리에 가득 담긴 억새, 둥근 한지 아카리등을 달아 은은한 실내조명, 테이블마다 켜둔 양초, 벽에 걸어놓은 시화 패널까지. 마치 옛날 우리 학교 가을축제 때의 낙엽전을 그대로 재현한 모양새였다. 단발머리 소녀들이 낙엽을 두 손 가득 그러모아 공중에 흩뿌리며 나타날 것만 같은 기시감이 들었다.

그때 출입문에 매달린 종이 딸랑거렸다. 숙희와 명자, 재령이가 무거워 보이는 스티로폼 박스를 하나씩 들고 수선스레 들어섰다. 다들 입구 쪽 주방 탁자 위에 박스를 올려놓고 나와서 호들갑스럽게 인사를 나누고는 다시 주방 안으로 사라졌다.

야야, 어서 온나.

숙희가 반색을 했다.

어째 이런 깜찍한 생각을 다 했노.

심심해서 장난을 좀 쳐봤는데 괜찮나?

진짜 우리 학교 낙엽전에 온 줄.

맞제. 우리 단골들이랑 백양산까지 가서 낙엽 실어 나른다고 식겁했다. 차로 열 번은 더 왔다 갔다 했지 싶다 야.

우리 진 반장 고생이 많네. 근데 이 친구들 시는 또 어찌 받아냈노.

말 마라 야. 시가 머꼬 해쌓는 거를 빚 독촉하듯이 쪼았지. 너한테 보일까 하다가 마 걸었다. 시화는 미경이가 그리고.

진짜가. 그 바쁜 사람한테 그림을 다 받아내고. 어제 통화할 때 그림 이야기는 안 하던데.

　나는 엄지를 척 들어 보이고는 시화를 살폈다. 신선동 전당포 옆 문간방에 세 들어 살 때, 로 시작되는 안부귀의 시 「셋방살이」가 눈에 들어왔다. 셋방살이 할 때, 인색한 주인에게 설움 받은 기억을 떠올리며 자기는 집을 사게 되면 세 든 사람에게 잘해 줄 거라고 다짐했었다는 내용이었다. 방문 앞에 아무렇게나 놓인 신발 몇 켤레를 그린 미경이의 시화가 어찌나 반가운지 시화 액자 앞에 발을 멈추었다.

　야야, 시는 나중에 보고 안쪽에 드가 봐라. 특별시민들다 와 있다. 둘이도 오고.

　숙희가 턱짓으로 별실을 가리키며 웃어 보였다. 둘이와내가 예전 같지 않은 게 영 마음이 쓰이는 모양이었다. 어떻게든 붙여주려고 애쓰는 모습이 엿보였다.

　둘이를 다시 만난 건 헤어진 지 근 20여 년 만이었다. 새 시집이 나와서 언제나처럼 숙희를 통해 동창들에게 책을 보냈는데 전화가 왔다. 책 잘 받았다고. 서울 오는 길없느냐고. 마치 엊그제 만나고 헤어진 것처럼 스스럼없는 말투가 퍽이나 생경했다. 얼결에 핸드폰을 왼손으로 바꾸어 잡았을 정도로.

　영등포역 부근의 복지관에서 열린 교사 연수가 끝나 서

울역으로 가는 길이었다. 무슨 마음으로 전화를 한 걸까 무척 궁금했지만 묻지 않았다. 둘이도 그저 테헤란로에 있는 제 사무실 위치를 알려줄 뿐 별 말이 없었다. 내가 서울 온 줄 알고 전화한 거 같네, 하면서 나 또한 애써 태연한 척했다.

사무실 근처 꽃집에서 화분을 하나 사서 안고 나오자 비로소 옛 친구를 만난다는 기분 좋은 설렘이 느껴졌다. 직원들이 모두 퇴근한 사무실에 둘이 혼자 남아 있었다. 사무실이 꽤 널찍했다. 우리는 티나지 않게 서로를 살피면서 반갑게 손을 마주 잡았다. 둘이는 풀 메이크업에 필사적으로 차려입은 듯한 베이지색 투피스 정장 차림이었다. 검정 기본 재킷에 흰 티셔츠를 받쳐 입은 심심한 내 차림새와 대조적이었다. 수술한 쌍꺼풀이며 코에 넣은 보형물 자국이 도드라져서 학교 때의 풋풋했던 둘이 모습은 숨은 그림찾기보다 힘들었다. 아직도 청바지에 운동화냐고, 둘이는 되레 내 입성을 타박했다. 그러고는 믹스커피 한 잔과 비스킷 한 접시를 응접탁자 위에 닭 모이 주듯 놓고는 제 회전의자에 가 몸을 깊숙이 묻어버렸다.

어 애 봐라. 사람을 불러놓고 가까이 앉지도 않고 이건 무슨 경우지. 주식까지 해서 돈을 번 뒤로 애가 거만해졌다고 친구들이 입을 삐죽댈 때, 시샘하느라 그런 거겠거니 했더니 이유가 있었네, 공연히 왔나, 하는 생각으로 마음이 뾰족해졌다. 그런 내 마음을 아는지 모르는지 둘이는 회전의자를 좌우로 살짝살짝 흔들며 나를 내려다보았다.

둘이의 책상 위에는 '인문학 아카데미 이사장 오둘이'라고 찍힌 명패가 놓여 있었다. 기사를 보고 알고는 있었지만 둘이와 인문학이라니. 다시 봐도 영 생뚱맞은 조합이었다. 둘이도 내 시선이 제 명패에 가닿는 걸 알아채고 아 이거? 하는 표정을 지었다. 자신이 보험여왕 자리를 지키고 있는 건 순전히 고객들의 공이라고. CEO나 그들의 자녀인 청년사업가들이 제 고객인데 그들에게 뭐 보답할 길이 없나 하고 살폈더니 요즈음 인문학이 대세라고, 기업경영도 인문학 마인드가 필요한 시대라고들 하더라고. 그게 참 근사하게 들렸단다. 고객들을 초대해서 무료인문학 강좌를 열어보는 건 어떨까 하고 곧바로 사무실을 구해 매주 국내외의 석학들을 초청해서 인문학 강좌를 열고 있다고. 거기드는 만만찮은 경비 일체를 본인이 부담해가면서. 그러고 보니 사무실 한쪽 벽면에 걸린 문인, 석학들의 사진 액자가 강사로 초청된 인사들인 모양이었다. 세상이 다 알 만한 얼굴들이었다.

돈을 왕창 벌어서 아무도 널 깔보지 못하게 할 거라더니. 대단하다 너.

말을 하고 보니 그 좁은 방 안에 가로세로로 끌어안고 잠들어 있던 둘이네 식구들이 떠올랐다.

돈은 많이 벌었지. 나를 깔보지 못하게 하는 데는 실패했지만.

나는 그게 무슨 말인지 영문을 몰라 잠시 어리둥절했다.

순전히 내 돈 들여서 내가 운영하는데도 사람들이 뒷담화를 까고 앉았더라구.

둘이의 넓은 책상을 사이에 두고 응접 소파와 회전의자에 떨어져 앉은 우리 둘의 시선이 어색하게 부딪쳤다.

여상 출신이 무슨 인문학 아카데미냐고. 그게 다 학력 콤플렉스 때문이래. 참 나, 실컷 내 돈 쓰고 왜 내가 그런 말을 들어야 되지? 여상 출신은 인문학 아카데미도 하면 안 되는 거냐고.

둘이가 미간을 웅크리면서 허리를 곧추세웠다. 둘이와 인문학이 생뚱맞은 조합이라고 생각한 걸 들키기라도 한 것처럼 움찔했다. 둘이가 남다른 인문학적 소양이나 교양을 가진 건 아니지만 그렇더라도 그 이유가 여상 출신이라고 몰아세우는 건 분명한 차별이었다.

대체 누가 그런 소릴 하노. 여상 출신이 보험 여왕 됐다고 그리 띄워쌓을 땐 언제고…. 그래서 기운이 없었던 거가. 저녁은 먹었나? 나가서 삼겹살에 소주라도 한 잔 하까.

세상이 알 만한 얼굴들이 걸려 있는 둘이의 사무실에서 얼른 벗어나고 싶어서 조바심이 났다.

둘이서 무슨 술을 마셔.

둘이라니. 너 그 법대생이랑 끝내고 고갈비집에서 나랑 막걸리 마시고 뻗었던 기억 안 나나. 삼대 구 년 만에 사람 불러놓고 회전의자나 빙글빙글 돌리고 앉았고. 이게 무슨 고약한 경우고. 얼른 일어나라.

말을 내뱉고 보니 자리에서 일어날 빌미가 충분하다는 생각이 들었다. 나는 벌떡 일어났다. 둘이도 마지못해 몸을 일으키더니 주섬주섬 나갈 채비를 했다.

둘이를 따라간 곳은 한주를 파는 제 단골 술집이었다. 대기업 중역으로 있다 한주 연구가가 됐다는 주인이 와서 친절하게 술상을 세팅해주고 갔다. 골패는 옛날 밀가루 막걸리와 한주가 어떻게 다른지를 진지하게 설명까지 해주었다.

둘이가 인문학 아카데미를 하면서 뒷담화 때문에 얼마나 마음고생을 했는지 줄곧 읊어대는 동안 나는 부지런히 술잔을 채웠다. 처음 보는 이름의 라벨이 붙은 가양주가 금세 바닥이 났다.

무료 인문학 강좌를 군이 유학파에 고학력자인 기업인들이나 청년 기업가들을 대상으로 할 게 뭐고. 인문학 정신이 뭐 별거가. 부자들한테서 번 돈을 가난한 사람을 위해서 쓰는 게 인문학적인 거 아이가. 동서고금을 통틀어 봐라. 홍길동이나 로빈훗이 부자들 돈 뺏아서 가난한 사람들을 도왔지, 부자들한테 되돌려줬다는 이야기가 어딨더노.

은근히 술기운이 올라왔다.

내가 뭐 부자들한테 빌붙었다는 소리로 들린다 너. 내가 왜 내 피 같은 돈을 그냥 쓰겠어. 그 돈이 곧 내 주머니로 다시 들어오게 돼 있다는 걸 알기 때문에 쓰는 거지. 인문학 강좌에 초대된 고객들은 다시 나한테 보험을 들게 돼 있거든. 일종의 투자지. 얼마나 폼나는 투자냐.

둘이가 자조적으로 웃었다. 문득 내가 말을 잘못 알아들은 게 아닌가 의아했다. 하지만 둘이는 진지해 보였다.

박 시인도 강의 한번 안 할래?

둘이가 내 잔에 가만히 술을 따라주면서 흘낏 나를 쳐다보았다.

광화문 교보문고 글판에 걸리는 시인 정도는 돼야 초청하는데 너는 내 친구니까 특별히 기회를 주는 거야.

뜬금없이 강의는 무슨.

나는 이 영악한 친구와 더 이상 마주 앉아 있기가 힘들었다. 부산 가는 막차 시간을 핑계로 자리를 파하고 돌아오면서 정작 궁금했던 것들은 묻지 않았다는 사실이 기억나 혼자 웃었다.

숙희가 다반에 다기와 차를 담아 내왔다. 길게 붙여놓은 홀 중앙 테이블에 다상을 차리는 동안 별실에서 나온 친구들이 어느새 억새 화분이 놓인 창가 쪽 테이블에 자리를 잡고 앉았다. 나는 둘이랑 수인사를 하고 좀 떨어져 앉았다. 하나둘씩 모여든 동기들은 이구동성으로 낙엽전을 재현한 숙희의 열성에 감탄했다.

차부터 한 잔 하자. 올 봄에 만든 목련차다 야. 이게 꽃차 중에 젤 만들기 힘들거든. 필 때는 여왕처럼 피고 질 때는 창녀처럼 지는 꽃이 목련꽃이야.

세상에, 꽃에다 무슨 그런 험악한 비유를 다 쓰노.

나는 숙희를 쏘아보며 이마를 찌푸렸다.

애도 참 결벽스럽기는…. 알았어 알았어.

눈치 빠른 숙희가 내 말을 단박에 알아듣고는 눈을 살짝 흘겼다.

목련은 질 때 지저분하다는 거지. 동백이 모가지째 뚝 떨어지는 것과 틀리게.

다르게.

다시 숙희의 말을 바로잡는 걸 듣고 동창들이 와르르

웃었다.

시인 친구 둔 덕에 내가 이래 맨날 지적당하고 산다 야. 애도 참…. 어쨌든 목련차 만들 때 보면 꽃잎에 상처가 많이 난 거는 차도 안 돼. 사람도 상처가 너무 많으니까 결국 회복이 안 되더라 야.

숙희가 뚜껑 없는 큰 다관에 목련꽃 찻잎을 여러 장 깔았다. 그러고는 포트를 들어 뜨거운 물을 꽃잎에 내리 꽂듯이 부었다. 꽃잎이 부르르 진저리를 치더니 천천히 잎을 피웠다. 이내 활짝 피어난 꽃잎에서 연노란색 찻물이 우러났다. 숙희가 따라주는 목련차 맛은 목련꽃을 닮아 맑고 우련했다.

숙희가 자리를 정돈하고 우리들 앞에 섰다.

야들아, 내가 졸업 30주년 되면 낙엽전을 한번 재현해봐야지 하고 노래를 불렀잖아. 근데 30주년에서 7년이 더 지나버렸네. 뭐 대단한 일 하고 산다고. 백양산 낙엽 실어 나르는데, 옛날에 구덕산에서 연희랑 덕자, 또 칠선이 하고 같이 낙엽 긁어 모아갖고 쌀자루에 담고 학교까지 질질 끌고 갔던 생각이 나더라야.

숙희가 말했다.

말 마라. 다음 날, 종아리에 알이 배기갖고 학교 계단 올라가느라 혼났잖아.

덕자도 그때 생각이 떠오른 모양이었다.

숙희는 우리 반 71명 중에 늘 열댓 명 남짓 모이다가 이번에는 스무 명이나 모였다고 흡족해했다. 횟집 하는 봉숙이네 생선회, 미경이 농장 과일, 둘이가 보낸 한주, 재령이네 떡까지 먹을 것도 푸짐하고 후원금도 두둑하다고 흰 봉투를 흔들어 보였다. 나이트 가자, 하고 명자가 너스레를 떨었다. 나이트를 가든 노래방을 가든 뒤풀이 하고 남은 돈은 후배들 장학기금 적립통장에 넣기로 했다는 숙희의 말에 또 한 번 유쾌한 박수소리가 터졌다. 다들 뷔페접시에 담아 온 음식들을 비우고, 삼삼오오 모여 앉아 한주를 나누어 마시며 마치 학교 때 쉬는 시간처럼 떠들어댔다.

복남이가 술잔을 들고 내 자리로 왔다.

시집은 좀 팔리나?

언제 들어도 이물감이 드는 질문이었다. 그렇지 뭐, 하고 웃을 수밖에 없는.

광고를 해야지. 광고를 안 하면 아무도 몰라.

건너편에 앉은 둘이가 끼어들었다.

시집이 무슨 보험상품이냐 광고를 하게.

내가 말했다.

요새 광고 안 하는 게 어디 있니. 내 책은 방송 출연하고, 신문 잡지 인터뷰하고, 사대 일간지에 광고 내고, 바로 2쇄까지 찍었잖아. 고객들한테 명함 대신 책을 줘봐. 반응이 확 틀려지거든. 돈은 좀 깨졌어도 책 만들긴 잘했다 싶어.

비싼 명함이네.

복남이가 혼잣말하듯이 중얼거렸다.

숙희가 한주 병을 들고 와서 친구들의 잔을 골고루 채워주었다. 청포도 맛이 살짝 느껴지는 산미가 매력적인 약주였다. 언젠가 둘이를 따라 테헤란로에 있는 술집에 갔을 때 맛본 적이 있는 세종대왕 어주라는 라벨이 붙어 있었다.

부귀야 한 잔 해라, 시 좋더라.

나는 부귀 잔을 살짝 부딪쳤다.

아이고 무슨 소리 하노. 번데기 앞에 주름 잡았제.

부귀가 잔을 마주 부딪쳐 오며 멋쩍게 웃었다.

문정이 너 시집에 보면 밤이 되면 귀뚜라미와 온갖 벌레들이 출몰하던 그 작고 지저분하던 부뚜막, 이런 구절이 나오잖아. 할머니가 어느 조선소 쪽 배에 붙은 담치가 기름 냄새가 덜 나고 맛있다고 일러주면 꼭 거기 가서 담치를 따 왔다는 그런 구절도 있고. 그거 보고 힌트를 얻었지 뭐.

부귀가 술잔을 내려놓으며 말했다.

어릴 때 우리 친구들 집에 가보면 이건 뭐 다 도시 빈민

수준이야.

숙희가 말했다.

맞아. 홍수 나면 제 몸뚱아리 말고는 들고 뛸 것 하나 없는 찢어지게 가난한 살림살이들이었다 아이가.

나는 숙희의 말에 덧붙였다.

부귀 너 장기결석 해갖고 담임이 찾아가 보라고 해서 갔잖아. 하필 비 오는 날이야. 남부민동 산복도로에 있는 너네 집에 갔더니 방 안에 양동이가 세 개야. 우리 집도 다를 바 없었지만.

부귀의 얼굴이 술 때문인지 발그레해졌다.

미경이는 육성회비도 못 내서 서무실에 불려 다니고 안 그랬나. 얼마나 존심 상했겠노.

숙희였다.

그래도 대B여상 때문에 오늘날의 자기가 있다더라.

내가 말했다.

대책 없이 긍정적이지 가가.

숙희가 희미하게 웃었다.

미경이가 늘 주판집 바꿔서 넣어 다니던 기억 난다. 삯바느질하던 미경이 엄마가 자투리천으로 주판집을 여러 개 만들었다고 갖고 와서 우리한테도 나눠주고 그랬는데. 나는 그걸 은행 다닐 때까지 썼어.

둘이가 말했다.

엄마야, 맞다. 생각난다.

안쪽 끝에서 누군가 맞장구를 쳤다.

아이고 양반은 못 되겠네.

숙희가 출입문 쪽을 보면서 눈을 크게 떴다. 삼삼오오 모여 앉아 떠들어대는 바람에 출입문에 붙은 종소리를 못 들은 모양이었다. 미경이가 낙엽을 한 움큼 집어서 장난스레 공중으로 던졌다. 단발머리 시절의 미경이를 보는 것 같아 가슴이 쿵 내려앉았다. 친구들 몇몇이 뛸 듯이 달려 나가 미경이를 끌어안고 반가워했다. 미경이는 일일이 악수를 나누고 내 옆으로 와 앉았다. 접시에 뷔페 음식을 몇 가지 담아 와서 미경이 탁자 앞에 놓아주었다.

배고팠겠다 먼 길 오느라.

아냐. 산청휴게소에서 비빔밥 한 그릇 먹었어.

미경이가 사과 꽃처럼 환하게 웃었다.

배 다 꺼졌겠구만.

부귀가 말했다.

어떻게 그리 꽁꽁 숨어 살 수가 있노 야. 독한 년.

숙희가 고개를 절레절레 저었다.

미안해. 이렇게 왔잖아.

네가 우리 중에 제일 먼저 결혼했잖아. 너 결혼식 끝나고 나서 신혼여행 가는 거 보고 우리끼리 을숙도에 갔거든. 그때 강변에 가서 음악도 듣고 막걸리도 마시고 재밌게 놀았는데.

둘이였다.

그때 문정이가 잡은 손 놔버린 것처럼 허전하다고 술 취해갖고 울고불고 했잖아. 지금 생각해보면 37년이나 못 만날 걸 미리 예감했던 모양이다 야.

숙희의 말이 끝나자 미경이가 내 손을 깊이 잡았다.

결혼하고 바로 부산을 떠났잖아. 진짜 못 살 것 같더라. 나만 쏙 빼놓고 날마다 어디선가 파티가 벌어지는 것 같은 그런 기분 있지. 참 외롭고 힘들었다 나.

접시에 담긴 사과를 하나 집어 한 입 베어 물었다. 과육이 입안 가득 퍼졌다.

진짜 사과 맛있제. 밀양 얼음골 사과 뺨치게 맛있어.

입안에 사과가 든 채 영옥이가 말했다. 그 말 끝에 미경이와 눈이 마주쳤다. 둘이 동시에 웃었다.

너 미경이한테 야단맞는데이. 미경이 사과를 어디 밀양 얼음골 사과랑 비교하노.

내 말에 미경이가 웃었다.

진짜 이렇게 달고 시원한 사과는 생전 처음 먹어본다. 비결이 뭐꼬.

명자였다.

비결이랄 게 뭐 있겠니. 비료 안 주고 자연 그대로 키우는 거 정도? 비료를 주면 땅속 뿌리들이 땅 위쪽에서 공급되는 양분만 흡수하면서 자라거든. 근데 비료를 안 주면 나무가 제 살기 위해 땅속 깊숙이 뿌리를 내리면서 영양분을 찾아가거든. 그래서 나무가 더 튼튼해지고 과일 맛도 좋아져.

그럴듯하다 야.

숙희가 고개를 끄덕였다.

내년 봄 사과 꽃 필 때 꼭 한번 놀러 와. 백제무왕과 선화공주가 사랑을 나누던 오솔길이 우리 농장 근처에 있거든. 우거진 숲길이 얼마나 운치 있는지 몰라. 내가 아무리 바빠도 너희들이 오면 안내할 테니까. 숙희랑 의논해서 한번 날 받아봐. 우리 농장에 황토방 게스트 하우스가 있어서 너네 오면 하룻밤 자고 가도 된다.

둘러앉은 친구들이 반색을 했다. 다큐에서 보았던, 사과 꽃이 팝콘처럼 터지던 이브농장 풍경이 눈앞에 하얗게 떠올랐다.

말례 언니

아주 어렸을 때, 나는 사람이 삼시 세끼 밥을 먹기 위해서 사는 줄 알았다. 잠에서 깨어나는 순간이면 맨 먼저 허기가 달려들었는데 그게 제대로 채워지지 않아서였을까. 우리 집 쌀독 긁는 소리는 언제나 나를 조바심 나게 했다. 워메 이일얼 으쩔끄나, 하는 할머니 목소리가 들리면 대개는 쌀이 똑 떨어져 분졌네, 하는 탄식이 뒤따라 나오곤 했다. 그럴 때마다 억장이 무너지던 심정이라니. 다행히 쌀 책박에 찰랑찰랑하게 쌀이 담기는 소리가 들리는 날이면 그제야 비로소 마음이 놓였다. 밥물 넘치는 구수한 냄새가 온 방 안을 진동하고 찬 없는 밥상이 차려지는 동안 잠시 허기를 붙들어 매는 것은 문제도 아니었다. 머릿속으로 양재기에 담은 보리밥 위로 몽실몽실 올라올 김을 그리노라면 아, 그 아침은 얼마나 빛나 보이던지. 조금 더 자라면서는 사람의 눈을 빛나게 하는 것이 따로 있다는 것을 알게 되었지만. 그것은 순전히 앞집 준호네 양녀로 온 말례 언니 때문이었다. 말이 양녀지, 사실은 아들만 셋인 데다 병약한 준호 엄마의 부엌일을 도와주는 입주 가사도우미였다.

우리 동네 대평동 2가 81번지 골목 안에서 흰 와이셔츠를 입고 출근하는 어른은 준호 아빠뿐이었다. 다른 아빠들은 바닷가에 있는 수리 조선소나 물양장 주변의 선박수리에 관계된 업체에서 일하는 노동자들이었다.

말례 언니는 학교를 갔으면 고등학교 졸업반쯤 될 나이였는데 무학에다 문맹이었다. 공동 우물이 있던 우리 동네 골목 안에는 우리 할머니를 비롯하여 문맹인 어른들이 여럿이었다. 할머니는 내가 글짓기 대회 나가서 예춘호한테 상을 받았다고 우물가에서 얼마나 자랑을 했던지, 동네 어른들 중에는 내게 편지 대필을 슬쩍 부탁하는 이도 생겼다. 말례 언니가 그 성가신 존재 중의 대표 격이었다. '부모님 전상서'로 시작되는 편지야 불러주는 대로 쓰면 되지만 말례 언니의 연애편지 대필은 좀 만만찮았다. '부모님 전상서'라고 쓸 때와 달리 '사랑하는 운산 오빠 보세요' 하고 시작되는 연애편지는 언니의 귓불부터 발그레하게 물들였다. 영락없이 울안에 핀 접시꽃 같았다. 목소리를 깔고 편지 말을 입안으로 웅얼거리기도 하고 방문 밖의 동정에 귀를 기울이기도 하면서. 그러다가 바깥에서 혹 발소리라도 날라치면 얼른 편지지를 구들목으로 숨기곤 했는데 그 동작이 또 얼마나 날래던지. 준호 엄마가 '말레야' 하고 새된 목소리로 불러들이는 날이면 연애편지 대필은 다음번 기회를 보아야 했다. 우리 집 옆에 붙어 있는 공동 우물로 물을 길러 올 때면 언니는 답례로 주전부리할 거리를 건네곤 했다. 막 솥에서 긁어내어 하얀 설탕을 솔솔 뿌린 꼽꼽한 누룽지나 찐 옥수수나 고구마 빼때기, 막걸리 넣고 찐 술빵 같은 것들은 얼마나 맛난 것들인가. 그 맛난 것들을 얻어먹은 탓에 언니가 아이들과 바닷가에서 노는 데까지 쫓아와서 분선아, 하고 불러 세우면 짜증이 나도 거부할 수가 없었다. 줄지어 물 밑을 헤엄치는 복어새끼를 톡 건드리면 배를 빵빵하게 부풀리는데, 그 앙증맞은 모습을 보고 아찔하게 정신을 뺏기고 노는 아이에게, 연애편지 대필이라니. 빨리 오라고 손짓을 하는 그녀를 따라가 입이 댓 발이나 나온 채 편지를 쓰고 나서 읽어주면, 언니는 열렬한 연인처럼 나를 끌어안았다.

"워메, 얼척 없네. 내 맴을 들다본 드끼 근사하게 썼어야."

감탄해 마지않는 그녀를 보면서 나는 어리둥절할밖에.

"불러주는 대로 썼는데 뭘."

"암만 불러줘도 그렇지. 우리 분서이는 이담에 크면 진짜 진짜……."

그녀가 내 등을 빠르게 토닥거리며 무슨 말을 하려고 그러는지 뜸을 들였다.

"연애박사가 될 거시다. 두고 보랑게."

이게 무슨 황당한 덕담인가. 시인이나 소설가 같은 작가가 될 거라는 것도 아니고 가당찮게도 연애박사라니. 이제 열세 살짜리 여자아이에게 할 소린가. 그게 무슨 큰 칭찬이나 기막힌 예언이라도 되는 듯이 두고 보라는 건 또 뭔가. 뜨악해하는 나를 말례 언니가 와락 껴안았다. 그녀의 더운 품에서 떨어져 나오며 삼시 세끼 밥 짓는 일보다 연애가 훨씬 더 가치 있는 일인지도 모른다는 생각을 했다.

어찌된 셈인지 그 이후로도 말례 언니의 연애편지 대필은 주야장천 내 차지가 되고 말았다. 문맹이긴 해도 감성이며 기억력은 또 얼마나 비상한지. 행여 지난번 편지에 썼던 구절을 다시 쓰거나 비슷한 문구라도 보이면 단박에 알아차렸다. 약간 벌어진 앞니 사이로 바람을 '쓰-' 하고 빨아당기며 고개를 왼쪽으로 숙여 여섯 시 오 분 전 각도에 멈추면, 불합격 판정이었다. 어떻게든 새로운 표현을 만들어내야만 그녀의 접시꽃처럼 환한 얼굴을 볼 수 있었다. 매번 새롭게 쓰기란 또 얼마나 힘든 일인가. 라디오에서 흘러나오는 유행가 가사가 들리고 오빠 책꽂이에 꽂힌 시집에도 자주 손이 갔다. 지키는 사람도 없는 그것들을 좀 가져와서 응용하면 멋진 연애편지가 될 것 같았다.

'꽃잎이 피고 또 질 때면 나는 그날이 생각나 못 견디겠네.' 하는 김추자의 노래를 듣고 오빠, 꽃잎이 필 때면 그날이 생각나 못 견디겠어요, 하고 첫머리를 시작한다든지.

"미라보 다리 아래 세느강이 흐르고/우리들의 사랑도 흘러가네요./내 마음 속에 아로새기리/기쁨은 언제나 외로움에 이어옴을/밤이여 오라 종아 울려라./세월은 가고 나는 머물러요." 하는 아폴리네르의 「미라보 다리」는 말례 언니가 운산 오빠랑 만나서 자주 갔다고 들었던 남원에 있는 운봉교와 광천을 떠올리며 '미라보 다리'와 '세느강'을 '운봉교'와 '광천'으로 바꾸기만 해도 그럴듯했다.

"보고 싶은 운산 오빠/운봉교 밑을 광천이 흐르고/우리들의 사랑도 흘러가네요/오빠랑 지낸 남원에서의 기쁜 날들을 떠올리면/괴로움은 사라지고 말아요/밤이 오고 통금 사이렌이 울리고/세월은 가고 말례는 머물러요." 이런 식으로.

"생활이 오빠를 속이더래도 슬퍼하거나 노하지 마세요. 설움의 날을 참고 견디면 언젠가 기쁨의 날이 올 것이어요."

"오빠, 오빠는 아시는지요. 낙엽 밟는 발자국 소리를."

행여나 운산 오빠가 알아볼까 봐 걱정되었지만 표절에 맛들이기 시작하자 편지글이 국수 가락처럼 술술 풀려나왔다. 문제는 흔감해하며 칭찬을 쏟아낼 줄 알았던 그녀가 여섯 시 오 분 전 각도에서 고개를 딱 멈추는 게 아닌가.

"얼레 뭐다냐, 이건 내 핀지가 아닌디……."

그 말에 뒤통수를 한 대 얻어맞은 것처럼 정신이 번쩍 들었다. 진정이 담기지 않은 거짓 편지를 그녀는 어찌 그리 귀신같이 알아차리는지. 그녀의 여섯 시 오 분 전 고개를 바로 세우려면 표절로는 어림없다는 걸 알게 되었다. 문득 운산 오빠를 그리워하는 그녀의 마음이 내가 생사도 모르는 엄마를 그리워하는 마음과 흡사할 거란 생각이 들었다. 엄마를 찾으러 갔다가 못 만나고 엇갈리기만 하는 마르코가 불쌍해서 책장이 젖을 정도로 엉엉 울었던 감정을 살려야 했다. 엄마가 보고 싶어서 밤마다 내 보라색 베갯잇을 흠뻑 적시던 생각을 떠올리며 편지를 썼다. 언니는 비로소 그 더운 품으로 나를 꼭 끌어안았다.

운산 오빠도 꼬박꼬박 답신을 보내왔다. 2년만 지나면

말례 언니를 데리러 온다고 했다. 시내에 있는 남원예식장에서 결혼식을 올릴 거라면서. 나는 모든 사랑의 해피엔딩은 결혼이라고 믿는 열세 살이었다. 언니가 웨딩드레스를 입은 모습을 상상하면 공연히 내가 다 행복해졌다.

그해 여름방학이 끝나갈 무렵이었다. 나는 기계체조 선수여서 가을에 있을 어린이 체조대회에 대비해 방학인데도 오전에는 단체 훈련을 받아야 했다. 강당 공사가 끝나지 않아 그 여름날 운동장에다 매트를 깔아놓고 마루운동을 했다. 그늘 하나 없는 땡볕에서 얼굴이 온통 발갛게 익고 온몸이 땀범벅이 되어도 코치는 쉴 틈을 주지 않았다. '쥐똥, 순덩이, 깜상, 소눈까리……' 그는 아이들의 별명을 날카롭게 불러대며 마루 운동을 시켰다. 우리들 중에 내키가 제일 작아서 항상 선두였다. 코치가 내 별명인 쥐똥 출발, 하고 소리 지르면 타작마당에 탈곡기 돌아가듯이, 길게 이어놓은 매트 위에서 뛰어오르고, 구르고, 옆으로 돌고, 공중돌기를 끝도 없이 되풀이해야 했다. 점심시간이 되자 허기 때문에 절로 허리가 꺾였다. 집에 가서 점심 먹고 오면 오후에 다시 모여 훈련을 하기로 되어 있었다. 집이 같은 방향인 순덕이랑 교문을 나서면 배가 고파 둘 다아무 말 없이 걸었다. 순덕이가 대평문구 안 골목으로 재빨리 사라지면 나는 삼거리에 있는 파출소를 지나 동네 맨 끝 골목 안 우물가 집까지 가야 했다. 힘없이 파출소 모퉁이를 돌아서는데 갑자기 말례 언니가 나타났다. 언니는 다짜고짜 내 손을 낚아채고 대평반점을 가리켰다. 우리 동네에 있는 유일한 중국집이었다. 짜장면을 사주려고 기다렸다고. 세상에. 나는 너무 좋아서 폴짝폴짝 뛰다가 매트 위에서 수도 없이 했던 옆으로 도는 핸드스프링 동작을 두어 번 해 보였다.

"워메, 이 여시 둥갑."

그녀의 눈이 휘둥그레졌다. 나는 흙이 묻은 손바닥을 탁탁 털며 어깨를 으쓱해 보였다.

대평반점 앞에는 빨간 오토바이가 서 있었다. 그 오토바이를 타고 배달을 가는 종업원을 본 적이 있었다.

"편지 써준다고 고생했지잉."

비음이 섞인 음성이 다정했다.

"나가 그란해도 짜장면 한 그릇 사줄라고 폴세부텀 생각해두고 있었어."

말례 언니가 오토바이의 안장 부분을 손바닥으로 탁탁 두 번 치면서 실내로 들어섰다. 마치 친근한 사람의 엉덩이를 장난스럽게 치는 듯한 가볍고 경쾌한 손동작이었다. 말례 언니 또래쯤 돼 보이는 종업원이 부지런히 식탁 위의 음식 그릇들을 치우면서 '어서옵쇼' 하고 인사를 했다.
점심시간이어서인지 손님이 많았다. 양파와 돼지기름이
섞인 짜장 볶는 냄새가 온 가게 안에 진동했다. 짜장면이
나오기를 애타게 기다리며 음식 냄새를 맡고 있자니 뱃속
에서 꼬르륵 소리가 났다. 종업원이 양파랑 단무지가 담
긴 그릇을 날라 왔다. 매콤한 양파와 시큼한 단무지 냄새
가 식욕을 자극했다. 단무지 한 개를 얼른 집어 짜장을 찍
었다.

"야가 분서이구나."

단무지를 입으로 가져가다 멈칫했다. 뜻밖에 종업원이
내 이름을 알고 있어서 깜짝 놀랐다.

"응, 재주도 얼마나 잘 넘는디. 여시 둥갑이랑게."

말례 언니가 이유 없이 얼굴을 붉혔고 종업원은 덧니를
내보이며 소리 없이 웃었다.

"얼굴에 까문깨 생긴 거 잠 봐. 아그를 햇빛에 막 꿉었
어야."

그녀는 어딘지 좀 들뜨고 산만해 보였다. 곧 종업원이
짜장면 두 그릇과 군만두 한 접시를 가져왔다.

"온 저녁 약속 안 잊어부렀제?"

그가 모깃소리만 하게 말했다.

"분서이 데려가도 돼야?"

말례 언니가 물었다.

"그라제. 나중에 오토바이 태워줄게."

그는 내 머리를 쓰다듬어주고 바삐 지나갔다. 나는 짜장면 그릇에 코를 박고 젓가락질을 했다. 혀에 살살 감겨 녹아드는 면발 때문에 눈앞에 아무것도 안 보였다. 순식간에 짜장면 한 그릇을 먹어치우고 군만두를 몇 개 더 집어 먹자 바깥에서 오토바이 시동 거는 소리가 났다. 이내 타타타타 멀어져 가는 소리도 들렸다. 언니가 휴지로 내 입가를 닦아주었다.

"언니, 저 오빠야랑 어떻게 아는데."

내가 물었다.

"우리 집에 배달하러 가끔 오잖애. 올 때마다 음식 그릇을 깨끗이 씻어 놨다가 줬는디 중국집 그릇은 그냥 내놓는 거라고 하드만. 그래도 어디 그라냐. 잘 먹었으면 씻어줘야지 했드만."

나는 다급하게 언니 말을 잘랐다.

"운산 오빠는 어짜고?"

"야는, 뭐를 어째야. 그란데 쟈는 남진이 닮지 않았대?"

말례 언니가 내 쪽으로 의자를 당겨 앉으며 눈을 반짝 빛냈다. 그러고 보니 서글서글한 눈매며 얼굴 윤곽이 남진을 닮은 것 같기도 했다. 그즈음 나훈아 팬이던 그녀가 남진으로 팬심을 갈아탔다. 남진이 한 고향 사람인데다 나훈 아보다 훨씬 더 귀공자 같다고 하면서. 텔레비전에서 남진이 '저 푸른 초원 우에' 하고 노래를 시작하면 기다렸다는 듯이 '따따라 따라라라' 하고 박자를 맞추질 않나, 흥이 오르면 아예 허공에 주먹을 내지르면서 펄쩍펄쩍 뛰어오르질 않나. 참 가관이었다.

"지는 남진이 아니고 김진입니다, 이러더랑게."

그녀는 무엇이 그리 우스운지 막 웃었다. 나는 하나도 우습지 않았다. 운봉에 있는 내 대필 연애편지의 열렬한 독자가 떠올라 걱정이었다.

"운산 오빠가 알면 우짤라고."

나는 이마를 찌푸리며 언니를 쳐다보았다.

"그렇게 채리보들 말어. 한 고향 사람끼리 뭐가 어때야."

고향 사투리를 쓰면 그녀에겐 다 한 고향 사람이었다.

"타향에 오면 고향 까마귀도 반갑다잖여. 진이를 보면 운산 오빠 만난 것 같당게. 문제는 엄마여. 진이가 오토바이를 한 번 태워줬는디 그걸 보고 준호가 엄마한티 일러바쳐서 겁나게 야단 맞었으라. 한 번만 더 그라믄 겟돈도 안 넣어주고 남원으로 쫓아내 버린다고."

언니는 정말 왜 그러는지 알 수가 없다는 얼굴로 한숨을 폭 내쉬었다. 준호네 엄마는 말씨가 늘 외마디같이 뽀

족했다. 마루를 반들반들 윤기 나게 닦아놓지 않으면 소리를 꽥 지르고 말례 언니가 잠시라도 눈에 보이지 않아도 준호를 보내 우리 집으로 바닷가로 찾아다니게 했다. 그럴 때마다 할머니는 아를 쥐 잡듯이 잡아야, 하고 한숨을 폭 내쉬었다.

체조연습은 오후에도 어김없이 땡볕에서 진행되었다. 이름이 '조순극'인 코치의 별명은 순악극이었다. 그날따라 순악극은 아이들의 동작이 좀 헐거워지려고 하면 바락바락 악을 썼다. 누구 하나 쓰러져야 끝날 거라고 투덜대는 소리가 들리는데 아니나 다를까 순덕이가 매트에서 공중돌기를 하다가 팔목을 접질렸다. 그 바람에 순악극이 순덕이를 남항동에 있는 접골원에 데리고 가느라 연습을 종쳤다. 나는 순덕이 가방을 들고 접골원까지 따라갔다가 팔목에 하얀 붕대를 감고 나온 순덕이를 제집까지 데려다 주었다. 그러고는 집에 오자마자 잠에 곯아떨어졌다. 잠결에 말례 언니가 와서 나를 깨우는 소리를 들었다.

"언능 일어나야. 오토바이 타러 가기로 해놓고 잠만 퍼자고 있으면 어쩐다냐."

단잠을 깨우는 그녀가 성가셔 죽을 지경이었다. 나는 혼자 가라고 짜증을 내며 돌아누웠다. 그녀도 쉽게 포기하지 않았다.

"이래도 안 갈겨? 이래도?"

그녀가 겨드랑이에 간지럼을 태웠다. 참을 수 없이 웃음이 터졌다. 나는 하는 수 없이 일어나 잠도 덜 깬 눈을 비비며 따라나섰다.

진이 오빠는 벌써 바닷가에 나와 우리를 기다리고 있었다. 그는 진 재킷의 깃을 살짝 세워 제법 멋을 낸 차림새였다. 그러고 보니 언니도 날아갈 듯이 파란 물방울무늬 지지미 원피스를 입고 있었다. 눈이 부시게 예뻤다. 동네의 껄렁껄렁한 청년들이 휘파람을 불며 야유했다.

"어이 짱깨, 철가방은 얻다 던지삐고 연애질이고."

오징어를 질겅질겅 씹고 있던 사내가 진이 오빠의 어깨를 툭 치고 지나갔다. 일행은 와르르 웃음을 터뜨렸다. 모두들 마른 오징어를 한 마리씩 들고 뜯어 먹고 있었다. 며칠 전 승리창고에서 마른 오징어 출하하는 날 훔친 오징어가 틀림없었다. 오징어를 잔뜩 실은 트럭들이 덮개도 없이 천천히 지나가면 동네 개구쟁이들이 마치 소독차 따라가듯 뒤쫓아 갔다. 그럴 때, 누군가 잽싸게 트럭 짐칸에 뛰어올라 오징어 다발을 뭉텅뭉텅 빼내서 던지면 뒤따라가던 사람들이 오징어 다발을 받느라고 정신이 없었다. 그들은 트럭이 삼거리에 있는 대평파출소를 지나가기 전에 잽싸게 뛰어내렸다. 운전기사는 그런 걸 아는지 모르는지 그저 묵묵히 차를 몰아 동네를 빠져나갔다.

"저것들이 디질라고."

진이 오빠가 주먹을 불끈 쥐었다. 말례 언니가 이마를 찌푸리며 그를 말렸다. 가만히 보니 그들 중에 낮에 오징어 다발을 빼내어 땅바닥으로 던지던 청년도 끼어 있었다. 그들은 뭐가 그리 신이 나는지 히히덕거리며 불빛이 희미한 승리창고 쪽으로 몰려갔다.

"애기씨들, 요기 앙거쇼잉."

그가 이내 명랑한 얼굴로 방파제 바닥을 가리켰다. 말례 언니는 다소 겁먹은 듯 청년들이 몰려간 쪽을 힐끔거렸다. 나를 사이에 앉히고 두 사람이 나란히 걸터앉았다. 바닷가 맞은편은 자갈치시장이었다. 환하게 불을 밝히고 늦게까지 장사를 하는 시장 사람들과 분주하게 오가는 행인들의 모습이 건너다보였다.

"쩌그 가봤어?"

그가 자갈치시장을 가리켰다. 아이들이랑 통통배 타고 자갈치 내려서 용두산공원에 놀러간 적도 있었다. 나는 고개를 끄덕였다.

"우리 오빠는 자갈치시장까지 헤엄쳐서 갈 수도 있다."

내가 말했다.

"워메 대단한디. 너도 수영할 줄 아냐?"

"수영 못하는 아그들은 대평동 아그가 아니여. 분서이는 자맥질도 잘혀라."

말례 언니가 나대신 대답을 했다.

"요 쪼깨만한 것이?"

그가 내 머리를 쓰다듬었다. 운봉의 운산 오빠 생각에 그가 내게 다정하게 구는 것조차 마뜩잖았다. 나는 방파제 밑으로 드리운 두 다리를 번갈아 흔들었다.

"나가 돈 벌어서 고향에 돌아가면 대평반점 겉은 중국집을 차릴겨. 일주일에 한 번씩 우리 식구들한테 짜장면도 만들어주고. 어디 짜장면뿐이겠어. 짬뽕이랑 탕수육도 깔쌈하게 차려내 놓을겨. 가출할 때 성공해서 돌아오겠다고 핀지를 써놓고 왔는디 폴세 꿈을 정해부렀당게. 아직은 양파 까고 배달하는 기 전부지만 쬐까만 지내면 주방장 아저씨처럼 쫄깃쫄깃한 면발도 뽑고……."

그는 밀가루 반죽을 양손으로 잡고 아래로 힘차게 탁탁 내리치는 시늉을 했다. 마치 베토벤에 도취되어 혼자서 지휘하는 흉내를 내는 우리 삼촌과 폼이 비슷했다.

"칼 잡을 때꺼정 한눈폴들 안 허고 열심히 일할 거여. 나가 울 아버지 타게서 부지런하당게."

말례 언니는 연신 고개를 끄덕였다. 철가방부터 시작해

서 대통령이나 장관이 되겠다는 것도 아니고 겨우 주방장
이라는데도 뭐가 그리 감동적인지. 할머니가 들었으면 쯔
쯔쯔쯔 하고 혀를 찼을 것이었다.

"말례는 꿈이 뭐시다냐?"

진이 오빠가 목을 빼고 가운데에 앉은 나를 비껴서 말
례 언니를 바라보았다.

"곗돈 다 붓고 나면 분서이 고모처럼 미용 기술을 배울
겨. 남원 시내에 미장원을 깨까시 채려놓고 고향 사람들한
티 고데기로 찰캉찰캉 고데도 해줌시롱."

고모가 동사무소 직원과 바람이 나서 간통죄로 콩밥까
지 먹고 나온 사실을 말례 언니라고 모르지 않을 텐데, 어
찌 하필이면 우리 고모처럼 되고 싶다는 말을 다 할까. 생
각 없기는 말례 언니도 매한가지였다.

"내 고향 운봉 초원 우에 그림 겉은 집을 짓고 한 백 년
사는 게 내 꿈이여라."

"이야 깔쌈하네. 그럼 나가 중국집을 운봉에다 지으까?"

진이 오빠가 덧니를 드러내고 웃었다. 유치하고 한심해
서 말도 안 나왔다. 말례 언니의 꿈이란 게 숫제 남진의 노
래 가사를 읊은 건데도 그는 뭐든지 이야 깔쌈하다 하면서
감탄했다. 정말이지 둘 다 웃기는 짬뽕들이었다. 나는 점
점 지루하고 한심해졌다. 그때, 구름 속에서 막 나온 달빛

을 받아 반짝이며 홀로 선 빨간 오토바이가 눈에 띄었다.

"오토바이 태워준다 안 했나."

나는 두 사람의 이야기를 툭 끊었다.

"오-케이. 아따 우리 꼬마 애기씨 성질 한 번 겁나 급해 부네요잉."

그는 나를 번쩍 안아서 오토바이 뒤에 앉혔다.

"멀리 가들 말어. 여기서 한두 바퀴만 돌아야. 승리창고 안쪽에는 얼씬도 말고."

그가 시동을 거는 옆에 와서 말례 언니가 참견을 했다. 오토바이는 바닷바람을 가르며 달려갔다. 한여름 밤의 무더위를 날려버릴 듯 기분이 상쾌했다. 바닷가 끝에 있는 승리창고 앞까지 갔을 때, 오징어를 껌처럼 씹던 청년들이 오토바이 소리를 듣고 뛰어나와 주먹으로 감자를 먹였다. 그래봤자 오토바이를 따라잡을 수는 없을 터였다. 그들이 하나도 겁나지 않았다.

그즈음 운산 오빠에게 보내는 편지 대필이 뜸해졌다. 그 대신 김진에게 보낼 쪽지 대필이 몇 번 있었는데 그럴 때마다 어쩐지 마음이 편치 않았다. 저 벽촌에서 오직 말례 언니 하나만 품고 사는 운산 오빠나 저 푸른 초원 위에 그림 같은 집을 지어 말례 언니랑 살고 싶은 김진이나 위태롭긴 매한가지였다. 그들의 사랑이 술빵처럼 부풀어 오를수록 찜찜하고 불안했다. 게다가 골목 하나를 사이에 둔 준호네 집에서 준호 엄마가 말례 언니를 야단치는 소리가 사흘돌이 건너왔다. 그 와중에도 말례 언니는 김진에게 건네줄 대필 쪽지를 내게 부탁하곤 했다. 그걸 학교 가는 길이나 방과 후에 대평반점에 들러서 김진에게 전하는 건 내 몫이었다. 그는 내가 입구에 걸린 주렴 아래에 나타나면 기다렸다는 듯 번개같이 쪽지를 잡아채고 신문지에 싼 군만두를 건네주었다.

하굣길이었다. 대평반점 앞에 동네 사람들이 모여서 웅성거리고 있었다. 준호 엄마가 준호 큰형을 앞세워 대평반점으로 쳐들어간 모양이었다. 준호 큰형은 다짜고짜 김진에게 주먹을 휘두르고 함석 철가방을 발로 걷어찼다고 했다. 깡통 구르는 소리를 내며 철가방이 우그러지는 것이 신호인 양 김진은 준호 큰형에게 무방비 상태로 두들겨 맞았다. 한 번만 더 말례를 불러내면 가만있지 않겠다고 준호 엄마가 으름장을 놓았다고 했다.

권투선수처럼 눈두덩이 터진 채 김진은 모자를 푹 눌러 쓰고 여전히 배달을 다녔다. 말례 언니의 상심이 컸다.

"갸가 뭔 잘못이대."

말례 언니가 이맛살을 찌푸렸다.

"나가 참 얼척이 없어야. 온 저녁에 좀 만나서 야그라도 해야 쓰겄어.”

그 난리가 났는데도 또 쪽지를 보내겠다는 언니가 참 딱했다.

“그라지 말고 언니가 한글을 배워.”

나는 공연히 심통을 부렸다.

“그라믄 편지도 스스로 쓸 수 있잖아. 기역, 니은, 디귿, 리을, ㅏ, ㅑ, ㅓ, ㅕ만 외워갖고 갖다 붙이면 되거든. 진짜 쉽다. 한글만 알면 ‘미라보 다리 아래 세느강이 흐르고’도 쓸 수 있다니까. 내가 가르쳐주께 언니야.”

수심이 가득하던 언니의 얼굴이 환해졌다. 나는 노트에다 크레용으로 색깔을 맞추어 자음과 모음을 써주고 언니가 따라 쓸 칸을 만들어주었다.

“워메 나한티 한글을 배우라고 권하는 사람은 세상에 니가 첨이여. 나가 니를 나으 스승으로 모실란다.”

“그럼, 이번이 마지막이다. 앞으로는 언니가 스스로 써야 된대이.”

나는 마지막이라고 생색을 내며 운산 오빠 편지와 김진의 쪽지를 써주었다. 쓰긴 했지만 쪽지를 전하러 대평반점까지 갈 일이 더 걱정이었다. 오직 말례 언니 생각만으로 하루해가 뜨고 진다는 운산 오빠도 마음에 걸렸다. 간밤에 왔다 간 미장원 고모 때문에 더 마음이 불편했다. 고모는 고모부에게 다른 여자가 생겼다고 울고불고 난리가 아니었다. 고모가 할머니 앞에서 가발을 훌떡 벗었다. 교도소에서 나온 지 얼마 되지 않아서 마구 자란 짧은 머리가 흉했다. 할머니는 담배만 뻑뻑 빨았다. 방 안이 온통 담배연기로 가득 찼다.

"여편네가 이 지경인데 어떤 남정네가 온전하겠냐."

할머니가 되레 고모부 편을 들었다. 나는 홑이불을 머리끝까지 뒤집어쓰고 쪽지를 만지작거렸다.

다음 날 등굣길이었다. 영도 어린이 체조대회가 있는 날이었다. 걱정과는 달리 대평반점까지 가기도 전에 배달 그릇을 찾으러 가던 김진과 마주쳤다. 모자를 눌러쓴 그가 나를 발견하고 분선아, 하고 불렀다. 나는 호주머니 속의 쪽지를 손에 쥐었다. 늘 서글서글한 웃음이 가득 담겨 있던 그의 눈이 슬퍼 보였다. 쪽지를 쥔 손을 호주머니 속에서 빼야 하나 말아야 하나 망설였다. 그는 말례 언니에게 전할 말이 있는 눈치였지만 나는 쪽지를 꼭 쥔 채 그를 지나쳐버렸다. 그것이 말례 언니와 운산 오빠와 김진, 모두를 위한 일이란 생각이 들었다. 나는 호주머니 속에서 쪽지를 와락 구겨버렸다. 다시는 쪽지를 전달하는 심부름 따위는 하지 않을 것이었다. 오토바이를 태워주던 그의 다정한 모습이 떠올랐지만 고개를 가로저어버렸다.

그날, 영선초등학교에서 대회가 열렸다. 산수시간이 연달아 두 시간이나 든 날이었다. 시합 때문에 순덕이와 나는 수업에 빠지게 되었다. 순덕이는 신이 나서 대회장으로 가는 내내 조잘거렸다. 나는 구겨버린 쪽지 때문에 기분이 영 별로였다. 우리 학교 선수들의 출전 차례가 왔다. 키가 제일 작은 내가 1번으로 평균대에 올랐다. 오르자마자 어처구니없는 실수로 실점을 먹었다. 맞은편 벤치에서 팔짱을 끼고 앉아 있던 순악극이 인상을 쓰며 벌떡 일어서는 모습이 보였다. 한여름 땡볕 아래에서 자동인형처럼 수도 없이 연습했던 그 단순한 첫 동작을 놓치다니. 한순간 머릿속이 깨끗이 비는 것 같았다. 평균대의 오른쪽 끝에서 뛰어올라 왼쪽으로 몸을 돌려야 공중돌기를 두 번 할 수 있는 공간이 확보되는데, 오른쪽으로 돌고 말았다. 돌고 보니 평균대의 끝이었다. 한 발짝도 앞으로 나아갈 수 없는 낭떠러지가 내 앞에 떡 버티고 있었다. 아찔했다. 나는 흠칫 몸을 떨었다.

"쥐똥."

순악극이 외마디 비명처럼 내 별명을 불렀다.

"뭐해. 반대로 돌아. 빨리."

순악극이 소리쳤다. 나는 정신을 차리고 왼쪽으로 돌아 다음 동작을 시연했지만 머릿속은 이미 하얗게 빈 뒤였다.

그저 관성에 따라 평소에 하던 동작을 허깨비처럼 해 보이고는 착지를 하고 말았다.

"야이 얼빠진 놈아, 정신을 엇다 빼놓고 왔노."

순악극이 내 머리통을 쥐어박았다. 나의 주특기인 마루운동을 망쳤을 때는 순악극의 눈에서 아예 레이저가 나오는 줄 알았다. 대회가 끝나고 집에 돌아와 씻지도 않고 이불을 뒤집어쓰고 누웠다. 순악극의 외마디 비명이 귀에 쟁쟁했다. 다음 날 학교에서 순악극을 볼 일이 걱정이었다. 호주머니 속에 든 구겨진 쪽지가 떠올랐다. 말례 언니에게 가봐야겠다는 생각이 들었지만 눈꺼풀이 차츰 무거워졌다. 일어나야겠다는 의지가 눈꺼풀 하나를 들어 올리지 못했다. 나는 어느새 잠 속으로 빠져들고 말았다.

그런 사정을 알 리 없는 말례 언니는 그새 승리창고가 있는 바닷가로 나간 모양이었다. 그녀는 약속시간보다 조금 일찍 나가서 바닷가에 앉아 있었다. 이내 주변이 어두워졌다. 기다리는 사람이 올 리가 없었다. 어느 순간 어둠 속에서 휘파람을 불며 자신을 희롱하는 담배 불꽃들이 다가오는 것을 느꼈다. 더 이상 그를 기다리는 것이 불가능함을 깨닫고 일어섰을 때는 이미 때가 늦어 있었다. 그녀는 자신을 막아서며 담뱃불을 바닷가로 던지는 억센 사내들의 손아귀에서 빠져나오려고 온 힘을 다해 버둥거렸다.

그들은 그녀를 승리창고 뒤로 끌고 갔고 그녀는 필사적으로 저항했다. 그녀가 얼마나 심하게 몸부림을 쳤던지 온몸에 멍들고 찢긴 상처로 온전한 데가 없었다고 한다. 순찰을 돌던 경찰관이 말례 언니의 신음소리를 듣고 달려갔을 때는 이미 불량배들이 도망을 친 뒤였다. 다음 날 좁은 동네에 소문이 쫙 퍼졌다. 그 일로 밤이 되면 그러잖아도 음침한 승리창고 앞이 우범지대로 낙인이 찍혔다.

우리 동네에서 학교로 가는 길은 두 갈래였다. 지름길은 파출소를 지나 대평반점과 문구점이 있는 마을길이고 또 하나는 물양장길이었다. 아이들은 철공소와 선박수리업소들이 즐비하게 늘어서 있는 물양장길로는 잘 다니지 않았다. 학교까지 가려면 멀기도 하려니와 가끔은 가스통이 터지는 사고가 나서 위험했다. 나는 김진과 마주치지 않으려고 일부러 물양장길로 둘러 다녔다.

어느 하굣길이었다. 등 뒤에서 오토바이 소리가 나서 돌아보니 김진이었다. 애써 마주치지 않으려고 마을길을 피했는데 딱 맞닥뜨린 것이었다. 그가 분선아 하고 나를 불렀다. 가슴이 덜컥 내려앉았다. 다리에 힘이 빠져 하마터면 그 자리에 주저앉을 뻔했다. 할머니가 말례 언니를 보고 와서 세상에, 가시내가 혼이 나갔어야. 그 밤중에 혼자 바닷가에는 뭣땜시 나가쓰까이, 하면서 혀를 끌끌 차던 모습이 떠올랐다. 그는 말례 언니가 어쩌고 있는지 물었다. 나는 아무 말도 하지 못하고 고개를 가로저었다.

한 번 터를 잡은 불행은 왜 그리도 꼬리를 물고 오던지. 불행이 마치 두 사람에게 어깨동무를 하듯이 달려들었다. 이번에는 김진이 배달을 하고 돌아가는 길에 사고를 냈다. 승리창고에서 마른 오징어를 싣고 나가던 트럭을 피하려고 방향을 틀다가 오징어 서리를 하던 동네 아이를 치었다. 아이는 곧바로 병원에 실려 갔지만 며칠을 버티지 못했다. 그는 과실치사로 교도소에 갔다.

말례 언니를 다시 본 것은 추석 명절 음식이 쉴락말락할 무렵이었다. 할머니는 부침개며 생선 따위 제사 음식들이 쉴세라 찜통에서 쪄내었다. 나는 감기로 꼼짝없이 집에 틀어박혀 있었다. 말례 언니가 우물에 물을 길러 왔다가 내가 감기에 걸린 걸 알고 우리 집 방문을 열어보았다.

"음마. 뭔 아그가 소리개 바람만 일어도 감기가 든디야."

그녀는 여전히 내게 다정했다. 그게 내겐 더 무섭고 두려웠다. 김진이 교도소로 간 이후 그녀와는 처음이었다. 그녀가 마치 다방 레지처럼 빨간 보온병에서 꿀에 잰 배즙을 따라주었다. 그녀는 어서 마시라고 채근했지만 나는 컵을 받아 들고 멈칫거렸다.

"어여 먹어."

"언니도 같이……."

"난 암시랑도 않응게 어여 너나 먹어. 자 쭈욱."

그녀의 변함없는 태도에 마음이 놓이면서도 한편으론 자책감 때문에 가슴이 아팠다.

"한글 공부는 많이 했어?"

"응. 아직 핀지 쓰는 건 가망당게. 근디 진이는 나가 지 달리고 있는 걸 알면서 뭣땀시 안 나왔으까이?"

어느 순간 느닷없이 그녀의 눈이 초점을 잃고 허공을 떠돌았다. 가슴이 뜨끔했다. 어깨에서부터 힘이 빠져 달아 났다. 어디서부터 무엇이 잘못된 건지를 아무리 되짚어보 아도 그것은 명백한 나의 잘못이었다. 그날 쪽지를 호주 머니에서 빼내기만 했어도. 아니 잠들기 전에 일어나 말례 언니에게 털어놓기만 했어도. 아니 차라리 쪽지 쓰기를 거 절했더라면. 온갖 가정과 억측으로 머릿속이 복잡했다.

"분선아, 암케도 니가 진이헌티 핀지를 한 장 더 써주면 좋겠는디."

그녀가 내게 몸을 바짝 붙이더니 은밀하게 말했다. 편 지라니. 잘못 들은 게 아닌가 하고 그녀를 빤히 쳐다보았 다. 눈이 완전히 풀려 있었다.

"딱 한 번만이여. 앞으로는 내가 쓸 텐게. 바닷가로 나오라고 혀. 할 말이 있은게. 이번엔 꼭 나올겨."

등골이 서늘해지면서 두려움이 파도처럼 몰려왔다. 김진이 사고를 내고 교도소에 간 사실을 뻔히 알면서 거기로 나오라고 하는 건 무엇이며 성폭행을 당한 장소에 다시 나가겠다는 건 또 뭔가. 그녀는 김진의 사고를 받아들이지 못하고 있었다. 그가 쪽지를 받고 말례 언니 곁으로 올 수만 있다면 딱 한 번이 아니라 열 번도 스무 번도 더 써줄 수 있었다.

"언니야, 와 이라노. 진이 옵빠는 교도소에 갔잖아."

나는 그녀를 흔들었다.

"고향에다가 저는 중국집을 내고 나는 미장원을 열어 그림 겉은 집을 짓고 살자 해놓고 워찌케 약속 장소에 안 나왔으까이."

나는 말례 언니를 와락 끌어안았다. 그녀에게서는 매캐한 연탄가스 냄새가 났다. 연탄을 꺼뜨릴까 봐 연탄아궁이를 숫제 들여다보고 앉아 있느라 몸에 밴 탓이었다. 준호네 엄마는 소리개 바람만 불어도 방을 따뜻하게 데워주어야 말이 없었다. 그렇지 않으면 말례야 하고 깨살스럽게 부르는 소리가 우리 집까지 건너왔다. 왈칵 눈물이 났다.

"언니야, 내가 잘못했다. 다 내 때문이다."

겨울이 깊어갈수록 그녀의 실성기도 깊어졌다. 한글 공부를 한다고 노트에 글자를 쓰다가 걸핏하면 탄불 위에 올려놓은 빨래를 태우고 솥도 몇 개나 태워먹었다고 준호네 엄마가 앙살을 부렸다. 식구들이 아무리 지켜도 그녀는 어느새 승리창고가 있는 바닷가를 헤매고 다녔다. 급기야는 준호 아빠 와이셔츠를 다리다가 다리미를 꽂아둔 채 바닷가로 나간 사이 불이 나서 방 한 칸을 홀랑 태워먹었다. 준호 엄마의 날카로운 외마디 비명소리가 사흘돌이 건너왔다. 한동안 골머리를 앓던 준호네에서 말례 언니를 운봉으로 보내기로 한 날이었다.

"워메, 도둑눈이 겁나게 내렸어야."

할머니가 고무신을 챙겨 신고 현관문을 열었다. 현관문 밖이 하룻밤 새 새하얀 눈 세상이었다. 그해 부산에는 30년 만에 큰 눈이 내렸다. 동네 강아지들도 날뛰고 아이들은 죄다 뛰어나와 조선소 마당에 쌓인 통나무 위에 올라가서 눈싸움을 하느라 한순간 동네가 시끌벅적했다. 말례 언니가 분홍색 옷 보따리 하나를 안고 골목길에 발자국을 찍으며 걸어 나가는 게 보였다.

"할매, 말례 언니가……."

억장이 무너지는 것 같은 슬픔이 북받쳐 올라 나는 말

을 잇지 못하고 고개를 푹 꺾었다.

"아이고, 서그퍼라. 저 불쌍한 년을 워치케 한대."

할머니가 쯔쯔쯔쯔 혀를 찼다. 할머니는 부엌 찬장에서 마른 오징어 한 축을 꺼내 와 신문지에 싸주었다. 나는 그 것을 받아 들고 막 골목 밖으로 나가는 말례 언니를 뒤쫓 았다. 골목 밖에는 준호 아빠의 회사차인 까만 지프차가 눈을 하얗게 맞고 서 있었다.

지프차에 올라타려는 언니에게 마른 오징어를 건넸다. 언니가 오징어를 받아 뒷좌석에 앉았다. 차가 막 출발하려 는 순간이었다. 차창을 내리고 언니가 내 이름을 불렀다. 나는 자석에 이끌린 듯 차창가로 다가갔다. 눈물이 떨어질 까봐 아랫입술을 꽉 깨물었다. 그때였다. 그녀가 내 쪽을 흘깃 쳐다보더니 쪽지 하나를 내밀었다. 나는 얼른 쪽지를 받아 펴보았다.

"미라보 다리 아래 세느강이 흐르고 우리의 사랑도 흘 러가네요.

미라보 다리 아래 세느강이 흐르고 우리의 사랑도 흘 러가네요……."

똑같은 구절이 쪽지 한바닥에 빼곡히 적혀 있었다. 참 았던 울음이 목구멍까지 차올랐다.

준호네 엄마는 보이지 않고 할머니와 골목 안 사람들

이 침통한 얼굴로 멀찍이 늘어서서 귓속말들을 했다. 시동이 걸린 지프차가 서서히 몸을 틀더니 눈길 위를 조심스럽게 미끄러져 갔다. 한 아이가 지프차의 뒤창을 향해 눈 뭉치를 던졌다. 그것이 무슨 신호탄이나 되는 듯이 아이들이 오징어 트럭 뒤꽁무니를 따라 뛰어가던 때처럼 지프차를 뒤따라 뛰기 시작했다. 멀어져 가는 지프차를 안타깝게 바라보면서도 나는 발이 땅바닥에 붙박인 듯 꼼짝도 할 수가 없었다.

팔팔 끓고 나서 4분간

지루한 장마가 시작된 그날 밤, 나는 간병인이 자리를 비운 아빠의 병실을 지키고 있었다. 아빠 기저귀를 두 번 갈고 물병에 차가버섯 가루를 타서 빨대를 꽂아 한 모금 마시게 했다. 좁은 보호자 침대에 누웠지만 잠이 오지 않았다. 빗소리를 들으며 친구들의 인스타그램을 기웃거리고 있는데 그에게서 메시지가 도착했다.

올 수 있니?

아뇨. 간병인이 안 왔어요.

나는 얼른 답신을 보냈다.

그래? 간병인이 자주 빠지네. 바꿔드려야 되는 거 아냐?

안 돼요. 아빠가 편하게 생각하는 사람이라서.

나는 얼른 일어나서 병실 복도로 나갔다. 밤이 깊었는

데도 대학병원 복도에는 불이 환했다. 환복을 헐렁하게 입은 노인이 링거대를 끌고 느릿느릿 화장실 쪽으로 걸어가고 있었다. 나는 복도에 세워둔 휠체어에 앉아서 그에게 보이스톡을 했다.

내일 간병인하고 교대하고 올래?

그가 말했다.

봐서요.

나는 병실에 들리지 않게 목소리를 최대한 낮추었다.

아빠 때문에 고생이 많네. 얼굴 못 본 지 꽤 된 거 같다. 비 핑계로 술을 좀 마셨어.

목소리에서 외로움이 술 냄새보다 더 짙게 배어났다. 예전 같았으면 콜택시라도 불러서 쏟아지는 빗속을 달려갔겠지만 그럴 수가 없었다.

죽고 싶어.

그가 말끝을 짧게 끊었다. 술을 마시면 언제부턴가 그는 익숙한 버릇처럼 죽고 싶다고 말했다. 두어 달 전쯤이었다. 말기 암으로 시한부 판정을 받은 아빠를 남양주에 있는 요양원에 모셔다드리고 온 날. 아빠 때문에 엄마와 밤 늦게까지 페이스톡을 하고는 잠이 오지 않아 뒤척이고 있었다. 새벽 세 시쯤 되었을까. 그가 금방이라도 숨이 넘어갈 것 같은 목소리로 전화를 했다. 죽고 싶어. 너한테 꼭

할 말이 있어. 좀 와줄래? 평소에는 그런 식으로 전화하는 사람이 아니었다. 목소리가 어찌나 절박하게 들렸던지 그가 정말 죽어버릴지도 모른다는 불안감에 사로잡힐 정도였다. 차를 타고 가는 동안에도 안절부절못하고 그에게 전화를 했지만 받지 않았다. 애가 탔다. 그가 무사하기만을 빌었다. 그의 집에 도착해 다급히 인터폰을 눌렀다. 아무런 기척이 없었다. 도어 번호를 누르고 들어갔다. 바닥에는 빈 술병이 뒹굴고 재떨이에는 담뱃재가 수북했다. 그는 침대에 누워 마치 수면 위로 떠 오른 익사한 물고기처럼 잠들어 있었다. 나는 맥이 빠져 소파에 털썩 주저앉았다. 그의 가슴 위로 이불을 여며주었다. 데스크톱 컴퓨터에 〈엘비라 마디간〉이 걸려 있었다. 언젠가 그가 잡지에 연재한 음악 칼럼에 소개되었던 영화였다. 그가 깨어나기를 기다리며 영화를 보았다. 봄꽃이 만발한 들판을 뛰어다니는 두 연인의 행복한 시간 위로 모차르트의 안단테 선율이 흐르고 있었다. 너무나 맑고 투명해서 오히려 슬펐다. 도피 중인 금발의 곡예사 처녀와 유부남인 육군 중위. 돈은 떨어지고 언제 붙잡힐지 모르는 불안한 길 위에서, 더는 버틸 수 없게 되자 여자가 말한다. 사랑이 끝나는 것보다는 우리가 죽는 편이 나아요, 라고. 남자는 마을의 닭장에서 막 낳은 달걀을 훔쳐 온다. 여자가 묻는다. 달걀을 어

떻게 해드릴까요? 남자가 대답한다. 푹 삶아요. 몇 분이나
요? 4분. 처음부터요? 아니요. 물이 팔팔 끓고 나서 4분간.
그것은 달걀이 익는 시간인 동시에 그들에게 허락된 사랑
의 시간이기도 하다. 물이 팔팔 끓고 4분이면 익는 달걀처
럼, 그들의 사랑도 딱 그만큼에서 멈추어야 하는 것. 다시
각자의 현실로 돌아간다면 그들의 사랑은 끝나고 마는 것.
남자는 피크닉 바구니에 권총과, 푹 삶은 달걀과, 빵을 챙
겨 넣는다. 그러고는 햇빛 찬란하게 쏟아지는 봄의 들판으
로 소풍을 나간다. 이생의 마지막 식사를 마치고 남자가
권총을 꺼내 들지만 차마 연인을 향해 방아쇠를 당기지 못
한다. 여자가 재촉한다. 그때 흰 나비 한 마리가 날아들고
여자가 나비를 잡아 날려 보내려는 순간, 화면은 암전된
다. 한 발의 총성이 들리고 잠시 후, 또 한 발의 총성이 울
렸다.

　이것이었나? 그는 그즈음 사랑이 끝나면 불쑥 그렇게
물었다. 우리 같이 죽어버릴까 하고. 나는 깊이 잠든 그를
두고 도망치듯이 서둘러 그의 집을 빠져나왔다. 집으로 오
는 내내 모차르트의 안단테 선율이 귓가에 맴돌았다.

　잠깐만 왔다 가면 안 될까?
　그가 말했다. 나는 핸드폰을 귀에 댄 채 병실로 들어가

아빠를 살폈다. 아빠는 얕은 잠을 붙들고 간간히 몸을 뒤척이면서 힘겹게 긴 밤을 견디고 있었다. 자리를 비운다는 건 불가능해 보였다.

지금은 안 돼요. 내일 간병인이 오면 그때 갈게요.

나는 핸드폰을 끄고 보호자 침대에 누웠다.

그는 내가 대학 새내기 때 교양으로 들은 '작문연습' 과목의 담당강사였다. 개강하는 날, 그는 자신을 프리랜서 작가라고 소개했다. 지금은 박사논문을 쓰고 있는데 특정 매체에 음악이나 영화 같은 문화 칼럼을 연재하고 있다고 했다.

아이들의 호기심 어린 시선이 젊은 강사에게 쏟아졌다.

혹시 연탄 피워본 사람 있어요?

뜬금없이 연탄이라니. 아이들 몇몇이 고개를 가로저었다.

꼼장어 집에서는 많이 봤죠?

와르르 웃음이 터졌다.

여러분들이 잘 몰라서 그렇지 도시 변두리에는 아직도 연탄 때는 집들이 있어요. 크리스마스 때 되면 TV뉴스 같은 데에 나오잖아요. 정치인들이 달동네 계단에 죽 늘어서서 연탄 나르는 장면. 얼굴에다 괜히 연탄재는 뭘 그리 시

커멓게 묻혀놓는지. 연탄 봉사한다 해가면서.

여기저기서 쿡쿡 웃는 소리가 들렸다.

어릴 때 우리 집이 바로 그런 연탄을 땠거든요. 한겨울 밤에 어쩌다 연탄불이 꺼지면 온몸이 꽁꽁 얼어붙었어요.

전기장판 쓰면 되잖아요.

여학생 하나가 소리를 질렀다.

마리 앙뜨와네트 후손이세요?

웃음에 관성이 붙은 듯 아이들은 또 와하하 웃었다.

겨울 되면 엄마가 한밤중에 자다 깨다 했어요. 연탄불 꺼질까 봐. 엄마가 늦게 오는 날에는 나보고 불 좀 보라고 하는데 불 보는 일이 그리 쉬운 게 아니거든요. 공부를 하든, 놀든, 잠을 자든, 마음 한구석에 불을 기억하고 있어야 되거든. 불을 잊으면 불이 꺼져버리니까요. 연탄을 새로 갈 때는, 밑불이 적당히 남았을 때를 잡아야 한다구요. 놓치면 안 돼. 다 탄 연탄재는 떼어내 버리고, 그다음에 밑불할 연탄을 먼저 아궁이에 넣고, 그 위에다 구멍을 맞춰서 새 연탄을 올려야 되거든요. 그럴 때, 밑불이 너무 적게 남아 있으면 새 연탄에 제대로 옮겨붙지를 못해요. 슬금슬금 꺼져버려요. 사람 사는 것도 별로 다를 게 없어요. 여러분이 지금 스무 살인데 스무 살은 인생에서 밑불 같은 나이에요. 스무 살이라는 밑불을 잘 살려야 서른 살, 마흔 살이 활활 타오를 수 있겠지요. 작문도 연탄 밑불 살리기하고 똑같은 거 아닐까요. 최초의 발상이 밑불이라면 그 불씨를 꺼뜨리지 않고 끝까지 잘 살려 나가야만 제대로 된 작문이 되겠죠. 그러고 보니 연탄이나 인생이나 작문이나 다를 것이 하나도 없네요.

그가 아이들을 둘러보았다. 나는 맨 뒷자리에 앉아서 삐딱하게 기울이고 있던 고개를 세우고 팔짱을 풀었다. 젊은 강사의 밑불론이 그럴듯했다.

그 학기 작문 연습은, 그가 칠판에 '옛날 기억이 난다.' '나는 아직 너를 용서할 수 없어.' '비가 내리는 카페 창가에서 이메일을 쓴다.' 따위의 첫 문장을 쓰면, 우리가 글쓰기 노트에 그다음 문장을 이어 써나가는 걸로 시작되었다. 노트북 자판 두드리는 소리와 노트에 볼펜으로 글 쓰는 소리가 또각거리면 그는 어릴 때 살던 함석지붕에 빗방울 듣는 소리 같다고 했다. 글쓰기가 끝나면 아이들에게 자신이 쓴 대목을 소리 내어 읽히고, 일일이 첨삭까지 해주었다. 잘못 써서 우스꽝스러운 문장이 돼버린 경우를 지적하면 아이들은 또 웃음을 터뜨렸다. 학기가 끝나갈 무렵이었다. 중고등학교 때 겪은 학교체험을 쓰는 과제가 있었다. 사춘기를 유난하게 보낸 탓에 할 말이 좀 있었다. 하지만 막상 그것들을 떠올리는 일 자체가 쉽지 않았다. 아니 떠올리고 싶지 않다고 하는 게 더 솔직한 마음이었다. 과제 마감 직전까지 버티다 책상에 앉았다. 아픈 기억들이 한둘씩 떠올랐다. 그것들을 노트북에 써 내려가는데 울컥 분노가 치밀었다. 봉인해두었던 상처가 불쑥 환부를 드러내는 기분이었다.

"학교 앞, 그 굴다리"

이윤주

아빠가 학교에 신고 가는 내 운동화를 빨아서 말리느라 밖에 두었는데 밤새 비가 내려 다 젖어버렸다. 우리 학교는 검정과 흰 운동화 착용만 허용되었다. 아침부터 신발가게가 문을 열리도 없어서 아빠한테 있는 대로 짜증을 냈다. 젖은 운동화를 비닐봉지에 담아서 가방에 넣고 집에서 신는 빨간 운동화를 신고 갔다. 유도 선수 출신인 학주가 교문지도를 하고 있었다. 별명이 '킬러'였다. 그에게 걸려서 살아남은 자가 없었다. 너 잘 만났다 하는 표정으로 신발 벗으라고 하더니 지시봉으로 내 배를 쿡쿡 찔렀다. 비명이 절로 나왔다. 사정을 이야기 하고 젖은 운동화를 내보였다. 들은 척도 하지 않았다. 신발 들고 무릎 꿇

어. 찍혔구나 싶었다. 시키는 대로 했다. 아이들이 키득거
리며 지나갔다. 쪽팔려서 눈물이 다 났다. 아, 불쌍한 아빠
만 아니었으면 그길로 학교를 뛰쳐나가 굴다리 사이를 빠
져나가고 싶었다. 내가 다닌 여고 정문 앞에 있던 그 굴다
리. 오늘도 죽었구나 하면서 지나다녔다. 등하교 때마다
다시 이 굴다리를 지나오지 않을 수만 있다면 얼마나 좋
을까 했다.

　방과 후 학주에게 불려갔다. 에이포 열 장을 던져주면
서 반성문을 쓰고 가라고 했다. 무얼 반성하라는 건지 웃
겼다. 엄마 없는 딸을 위해 운동화를 깨끗이 빨아준 아빠
를? 아니면 운동화를 젖게 비를 내린 하늘을? 입술을 꾹
깨물고 반성문이 아니라 반항문을 써놓고 굴다리를 지나
오는데 정말 기분이 더러웠다.

　남친을 만나 클럽에 가서 미친 듯이 춤을 추었다. 남친
이 플로어 기둥 옆에 선 샤기컷을 한 여자애를 가리켰다.
드럼 치는 남자를 애절하게 바라보며 춤추고 있었다. 야,
저 둘이 수상하지 않냐. 드럼이 마치 저 여자를 위해 연주
하는 것 같아. 화장실 벽보를 보고 둘이 키득거렸던 게 떠
올랐다. "클럽 밴드단원과 손님이 사귀는 걸 목격하신 분
은 제보 바랍니다. 사례금 백만 원"이라고 적혀 있었다. 그
밑에 영업부장의 연락처가 있었다. 남친이 화장실에 뛰어

가서 전화번호를 찍어 와 곧장 전화를 걸었다. 진짜 백만 원 줘요? 확인해보고 사실이면. 이것들이 연애질하면 공연이 안 되거든. 영업부장이 말했다. 다음 날 바로 연락이 왔다. 샤기컷과 드럼이 사귀다 끝났는데 여자가 계속 매달리니까 뿌리치지 못하고 있는 거라고. 이런 경우는 절반만 주겠다고. 그거야 어쨌든 좋았다. 남친도 의리 있게 내게 절반을 뚝 떼주었다. 아빠 생일에 뭘 사드릴까 생각만 해도 실실 웃음이 나왔다. 그날 클럽 끝나는 새벽에 집에 들어가서 쓰러져 잤다. 아침에 일어나니 식탁 위에 밥상을 차려놓고 아빠는 출근하고 없었다.

나는 머리도 못 감고 헐레벌떡 굴다리를 지나 교문 앞으로 갔다. 또 지각이었다. 학주가 코를 큼큼거렸다. 저는 담배 안 피우는데요. 내가 말했다. 학주가 이번에는 지시봉으로 가방을 꾹꾹 찔렀다. 나는 가방을 열었다. 쏟아봐. 가방 안에서 돈이 나왔다. 이거 어디서 났어? 나는, 그게요 하며 우물거렸다. 빨리 말해. 너 원조교제하지? 눈물이 핑 돌았다. 원조교제라니요? 그게 다 뭔데요? 아아 진짜. 왈칵 눈물이 났다. 이게 어디서. 따라와. 학주는 교무실로 나를 데리고 갔다. 담임이 또 무슨 사고를 쳤는데, 하는 눈빛으로 나를 한심하게 봤다. 이윤주 이거 인간 안 됩니다. 아니라고요. 그럼 그 돈이 어디서 났는지 말해봐. 아. 그건 대답할 수가 없었다. 남의 연애나 꼬지르고 받은 찌질한 돈이라고 죽어도 말할 수가 없었다. 그런 게 있어요. 나는 아랫입술로 바람을 불어 앞머리를 날렸다. 학주를 따라 아래층에 있는 학생부로 내려가면서 뒤에서 그를 계단 아래로 확 밀어버리는 상상을 했다. 그런 내가 두려웠다. 그해 말 나는 강전 당했다. 학교 앞 굴다리를 더 이상 지나다니지 않아도 된다는 사실이 꿈만 같았다. (절대절대 비공개)

원고를 보고 그가 외래교수실로 나를 불렀다. 칸막이를 친 십여 대의 컴퓨터 앞에서 강사들이 저마다 무언가에 몰두해 있었다. 입구에 앉은 조교에게 선생님을 만나러 왔다고 했더니 무표정한 얼굴로 창가 쪽 구석자리를 가리켰다. 나는 그의 자리로 가서 인사를 했다. 그는 연구실 한쪽에 놓인 가림막이 처진 응접 소파로 가서 커피메이커에 내려져 있던 원두커피를 따라주었다. 탁자 위에 놓인 내 노트를 의식하며 커피를 마시는데 낯이 뜨거웠다.

많이 힘들었겠다. 이번에는 강전 당한 이후에 네가 어떻게 지냈는지 좀 구체적으로 써볼래?

그걸 왜요?

비공개라는 바람에 수업시간에 말도 못 꺼냈는데, 하고 싶은 이야기가 더 있을 것 같아서.

더 써보라는 말을 칭찬으로 생각하고 몇 번이나 서두를 고쳐 쓰다가 학주에게 쓰는 편지 형식을 택했다. 전학 간 학교에서 왕따당하고 결국은 자퇴를 하고, 자살사이트에서 만난 언니들과 강원도까지 가서 약 먹고 모텔 주인에게 발각되어 병원에 실려 가고, 아빠가 그 충격으로 건강이 더 나빠지고. 그 일련의 일들이 고스란히 떠올랐다. 글 쓰는 내내 감기 몸살 걸린 것처럼 으슬으슬했다. 기말고사가 끝나고 방학이었다. 그에게 다 쓴 글을 메일로 보냈더니 첨삭형식의 짧은 답신이 왔다. 네 안의 분노와 슬픔이 밑불이었다면 그 밑불을 꺼뜨리지 말고 끝까지 활활 타오르게 만들어봐. 학주가 네 앞에서 무릎 꿇고 용서를 빌고 싶을 정도로.

편지글을 수정해서 보낸 며칠 뒤, 그가 외래교수실로 나를 불렀다. 방학인데도 강사들 몇이 자리를 지키고 있었다. 바깥 기온이 30도를 웃도는, 등에서 땀이 줄줄 흘러내리는 더운 날씨였다. 그는 구석자리에 앉아서 워드 작업을 하고 있다가 나를 반겼다.

진짜 너무 덥다. 에어컨도 별 소용이 없네. 선배가 하는 카페에 가서 커피 한 잔 마시고 올까.

와 정말요?

그를 따라 주차장으로 갔다. 그 사이에도 등에 금세 땀이 배었다. 그는 운전석에 올라타면서 재빨리 에어컨을 틀었다.

조수석에 짐이 많으니까 뒷좌석에 앉아.

그가 말했다. 뒷좌석 문을 열었더니 책이며 프린트물이 어수선하게 놓여 있었다.

뒷좌석도 장난 아닌데요.

그렇지?

그가 멋쩍게 웃었다.

여름날 어디서든 한두 번은 듣게 되는 서머타임 노래가 흘러나오는 카페에서 그곳 시그니처 커피를 마셨다.

내년에 작문 교재를 새로 만들 예정이야. 학생작품 예시문으로 네 글을 넣었으면 하는데 괜찮겠니?

그가 말했다.

예? 그런 글을 어떻게 교재에 실어요.

아니 왜? 그 글이 어때서?

싫어요. 저는 문창과 학생도 아니고. 모르는 사람들이 제 글 읽는 거 생각만 해도 소름 돋아요.

처음에는 그럴 수 있어. 자기를 드러낸다는 게 불편할 수 있지. 괜찮아, 네 마음이 그러면 안 실어도 돼.

그는 교재에 신자는 자신의 제안이 거절당한 게 무안했

을 텐데도 내 마음을 헤아려주었다.

　네 글 읽으면서 내 쌍둥이 형 생각을 많이 했어. 형은 군대 가서 꼭 그 학주 같은 고참을 만나서 엄청 고생했지. 제대하고 정신질환에 알코올중독까지 와서 자살 시도도 여러 번 했고.

　그의 얼굴이 금세 어두워지면서 입가에 쓸쓸한 미소가 번졌다.

　지금은 정신병원에 있어. 그 고참은 자기가 무슨 짓을 저질렀는지도 모르고 있을 거야 아마도… 나는 형을 잃었어… 형이랑 있으면 친구도 필요 없었거든. 둘이서 얘기하면 끝이 없었어. 재능도 많았는데. 중1 때, 우리 동네 교대 다니는 누나 과제를 형이 대신 그려줬는데 에이플을 받았대.

　그의 입가에 여전히 희미한 웃음이 걸려 있었다.

　형은 습관적으로 드로잉을 잘 했는데 군대 가서도 그랬어. 무자비하게 사병들을 구타하는 고참을 보고 드로잉을 했겠지. 그 고참이 어쩌다 그 리얼한 드로잉을 보고 돌아버렸나 봐. 쫙쫙 찢어버렸대. 그때부터 괴롭히고 때리고 아주 집요하게… 참다못해 대들었다가 군대영창에도 여러 번 들어가고 죽는다고 높은 데서 뛰어내리고… 형의 드로잉 노트에 '육체로부터 나 자신을 분리하자.'라고 써놓은 그림이 있어. 매 맞는 자신의 모습을 지켜보는 또 다른 자신의 모습을 그려놓은 건데, 육체의 고통하고 정신을 별개로 두고 거기다 정신을 뺏기지 않으려고 했던 거지. 폴 오스터가 그랬대. 정신이 너무 많은 일을 하도록 요구받으면 정신 그 자체도 물질로 나타나서 정신이 물질을 이길 수 없어진다구. 제대하고는 알코올중독에 정신질환이 오고. 나중에는 환각증세까지 와서 집에다가 불도 지르고…. 아아 진짜 우리 엄마 속이 까맣게 타들어 갔을 거야.

가슴이 꽉 막히는 느낌이었다. 무어라 위로할 적당한 말을 찾아보았지만 한숨만 나왔다.

그 고참을 찾아간 적이 있어. 그 집 근처 술집으로 불러내었지. 쌍둥이 형으로 착각했는지 되게 놀라더라고. 당신 우리 형한테 왜 그랬냐고 따졌지. 근데 군대에서 맷집이 생겨야 사회생활을 잘한다고. 그 정도도 못 참으면 어떻게 사회생활을 하느냐고 되레 훈계를 해. 형이 정신병원에 있다고 했더니 그때서야 얼굴이 하얗게 질리더라. 네 편지글을 학주한테 한 부 보내봐.

에이 뭐 그렇게까지요.

학주는 자기가 너한테 무슨 짓을 했는지 모르고 있을 거야.

정말요?

그의 말에 용기를 얻어 편지를 동봉하고 만날 장소와 시간을 지정해서 학주에게 보냈다. 우체국 배달완료 카톡을 확인한 순간부터는 어쩔 수 없이 마음이 무거웠다. 꿈에 학주가 편지를 쫙쫙 찢어버리는 걸 보고 깨어난 적도 있었다. 약속한 날짜에 일찌감치 나가서 기다렸다. 약속 시간이 다가오자 차라리 마음이 차분해졌다. 하지만 학주는 끝내 나타나지 않았다.

허탈한 마음을 안고 일어서려는데 누군가 내 이름을 불렀다. 진작부터 구석자리를 지키고 있었다고 했다. 와락 울음이 치밀었다.

너무 서운해하지 마. 네가 직접 응징하지 않아도 어떤 식으로든 벌을 받게 될 거야.

그가 침통한 표정으로 말했다.

고마워요 선생님….

선생님이라는 말이 마음을 울렸다. 불행하게도 내가 만난 선생님들에게서는 그런 울림을 느끼지 못했다. 학교 앞굴다리를 지나면 늘 숨이 막힐 듯 답답했다. 고1 때 담임은 첫 조회시간에 자기는 자식을 키울 때 절벽에서 떨어뜨려 기어 올라오는 놈만 거둔다고 했다. 사자가 새끼를 그렇게 키운다고. 너희들도 내 자식이나 마찬가지라고. 버림받고 싶지 않으면 알아서 하라고. 반감이 불쑥 올라왔다.

우리는 사자가 아닌데요? 아흔아홉 마리 양이 뒤따라와도 길 잃은 한 마리 양을 찾아 나서는 게 양치기잖아요. 그런 마음이 자식 키우는 마음 아닌가요?

내가 말했다.

한 마리 때문에 아흔아홉 마리를 포기할 수는 없다.

무섭게 나를 쏘아보던 담임의 핏발 선 눈빛. 학교 앞 굴다리는 내게 담임의 핏발 선 눈빛 같았다.

고맙기는. 작문연습 한번 제대로 시켜서 교재 만들 때 써먹을 욕심이었는데 네가 싫다니까 망했지 뭐. 그래도 살다가 이것저것 다 잘 안 되면 글을 한번 써봐.

그의 말이 생각난 건 졸업을 하고 한참 뒤였다.

꽤 큰 광고회사에 들어갔다 잘렸다. 자소서를 그리 화려하게 써냈다고 카피 잘하는 건 아니란 걸 이윤주 씨 보고 알았다고 팀장이 빈정거렸다. 리뷰 보드를 통과해봤자 내 카피는 번번이 임팩트가 없다는 평을 들었다.

국내 최초로 스프링노트를 만든 문구회사, 중소기업의 경리, 잡지사 편집실 등을 전전하다 아빠 친구가 하는 법률사무소에 취직했다. 문서작성과 소소한 사무업무를 보다 보면 하루가 어떻게 지나가는지 몰랐다. 카피라이터를 하면서 팀장에게 시달렸던 생각을 하면 속 편했지만 그곳이 내 평생직장이란 생각은 들지 않았다.

어느 날 네이버 초록창에 뜬 작가 지망생을 위한 오프라인 강좌에 대한 광고를 보았다. 강사 중에 그의 이름이 들어 있었다. 이것도 저것도 잘 안 되면 글을 한번 써보라고 하던 말이 떠올랐다. 쌍둥이 형 이야기를 하던 슬픈 눈과 나를 보던 따스한 눈빛. 그를 생각하면 마음 한편이 따스해졌다. 며칠을 망설이다 마감 날 등록을 했다. 개강하는 날, 그는 수강자 명단에 있던 내 이름을 보고 혹시나 했다고 반가워했다. 직장인을 위한 야간 강좌라 수업이 끝나면 뒤풀이 자리가 있었다. 그런 자리에 합석을 하게 되면 안녕, 안녕하세요, 하고는 각자 다른 자리에 앉았다. 공연히 소리를 높여 웃고 수다를 떨었지만 정신은 온통 그가 있는 쪽에 가 있었다. 그와 단둘이 나누고 싶은 이야기가 많았지만 기회가 오지 않았다. 따로 전화를 했다.

저 윤주예요 선생님. 잘 지내셨어요? 오늘 뭐 하세요?

어 윤주야. 나는 8시쯤 마치는데 볼까?

그가 행여 불편해하면 어떡하나 하는 걱정은 기우였다. 우리는 캐주얼한 분위기의 술집에서 맥주를 마셨다. 쌍둥이 형은 정신병원에서 기약 없는 날을 보내고 있고 어머니는 치매 초기라고. 혼자 된 누나가 속초 고향 집에 와 있고. 임용은 3배수에 올랐다 떨어지기를 반복하고. 최근에

낸 책도 반응이 별로라서 편집장 볼 면목이 없다고. 그는 마치 기다렸다는 듯이 근황을 털어놓았다. 자리를 옮겨서 소주를 두어 병 마시고 일어서는데 어쩐지 아쉬웠다. 그가 자기 집으로 가서 한 잔 더 하자고 했다. 그의 집에 가서 늦게까지 수다를 떨었다.

이후에도 뒤풀이 자리에서 놀 만큼 놀고 나서 그가 일어서는 게 보이면 내가 문자를 했다. 그는 우리 집 갈래, 또는 우리 집으로 올래 하고 답신을 했다. 그러면 비밀스레 그의 집으로 향했다. 그의 집으로 가는 골목길은 어두웠다. 혼자 걷기엔 좀 무서워서 항상 전화를 했다. 그는 고개를 넘어가기 전 골목 어귀에서 나를 기다려주었다. 손을 잡고 걷는 밤공기는 언제나 기분 좋게 설렜다. 그가 내게 귀여워, 하고 말하면 공연히 못 들은 척했지만 좋았다. 주로 밤에 문자를 보냈기 때문에 퇴근 후면 내 정신은 온통 핸드폰에 가 있었다. 공개한 사이가 아니다 보니 서로 바깥에서 만나면 불편해서 항상 그의 집으로 갔다. 나중에 조금 양지로 나온 게 밤에 만나 술집에 가서 놀다가 그의 집으로 가는 정도였다. 집으로 가면 유튜브에서 라이브 공연을 찾아 듣거나 영화를 보았다. 10분짜리 공연을 듣고 100분 이야기하고 2시간짜리 영화를 보고나면 20시간을 이야기할 수 있는 은근 수다쟁이가 그였다. 모르는 게 많고 허당인 내게 그는 음악 이야기, 문학 이야기, 영화 이야기, 탄광촌 근처에서 보낸 어린 시절 이야기들을 지치지도 않고 들려주었다. 벚꽃이 만개한 어느 봄 경주교육회관에서 그의 학회 세미나가 끝나던 날은 보고 싶어서 뒤따라 내려가기도 했다. 시외버스터미널에서 먼저 나를 발견한 그가 막 뛰어왔다. 햇빛 속에서 머리칼을 찰랑거리며 어깨에 멘 가방끈을 꼭 붙들고 뛰어오는 모습이 내 마음에 사진 찍혔다. 사진 찍는 걸 싫어하던 내가 처음으로 막 사진을 찍자고 떼를 썼다. 사진이 우리의 이 순간을 꼭 기억하게 해야 한다면서. 침대에서 옷을 벗으려다 말고 그가 스마트폰을 꺼내 사진을 찍었다. 열린 창틈으로 하오의 햇살이 푸지게 쏟아져 들어오고 있었다. 아무런 두려움 없이 햇빛을 이불처럼 둘러쓰고 얼른 그의 등 뒤로 가서 뜨거운 가슴을 밀착 시켜 끌어안고 곧바로 침대 위로 쓰러졌다.

한 학기 강좌가 끝나고 재등록을 하지 않았다. 아빠가 위암으로 3개월 시한부 판정을 받았고 글쓰기가 내게 사치로 느껴졌다. 그와의 비밀연애도 부담이 되었다. 아빠는 절대로 엄마에게 알리지 말라고 했지만 그럴 수는 없었다. 엄마는 "네 아빠 불쌍해서 어떡하니"를 반복했지만 이미 새로운 가족이 있는 엄마에게 아빠는 불쌍해도 어찌할 수 없는 존재였다. 아빠를 부탁한다고 엄마가 울먹였다. 다음 날 내 통장에 엄마 이름으로 적지 않은 돈이 꽂혔다. 큰고모가 강권하다시피 들어놓은 실손보험도 효자 노릇을 했다. 병원비며 간병비 걱정을 덜 수 있었다. 나는 지체 없이 법률사무소에 사표를 썼다. 그러고는 남양주에 있는 요양원에 모셔놓은 아빠를 거의 매일 보러 갔다. 아빠는 아무에게도 보이고 싶지 않다고 자신의 발병에 대해 입단속을 시켰다. 아빠 뜻을 지켜드렸다. 집에 오는 차 안에서 본 저녁노을이 너무 아름다워서 차를 갓길에 세워놓고 울다가 도로 아빠에게 돌아간 적도 있었다. 아빠는 깜짝 놀라 한참 동안 입을 딱 벌렸다.

윤주는 나이 들수록 네 엄말 쏙 빼닮았구나.

아빠의 그 말이 너무 슬퍼서 아빠를 붙들고 울었다.

내 앞에서 울지 마라.

아빠가 쓸쓸하게 돌아누웠다.

그날 좁은 보호자용 침대에서 자고 아빠와 하루를 보낸 뒤 집으로 가는 차 안에서 그에게 전화를 했다. 그가 간절하게 보고 싶었다. 그의 집에서, 돌아눕던 아빠의 쓸쓸한 등을 떠올리며 술을 마셨다. 그날 우리는 만취한 채 잠이 들었다. 눈을 뜨니 아침이었다. 밤새 비가 왔고 하늘이 온통 먹구름에 뒤덮여 있었다. 아침이 되었는데도 시간을 가

늠할 수 없을 정도로 어둠이 계속되었다. 술기운이 채 가시지 않아 나른한 상태로 유튜브에 들어가 함께 듣고 싶은 노래를 이리저리 검색했다. 그때 그가 라이브 동영상 하나를 찾았다.

with or without you.

잔잔하게 이끄는 기타의 인트로와 슬픔을 억누르는 듯한 리드 보컬 보노의 감성적인 목소리와 당신이 곁에 있든 없든/당신 눈에 박힌 돌멩이가 보여요/당신 옆구리를 찌르는 가시가 보여요/그런 당신을 난 기다려요… 하고 시작되는 한 외로운 남자의 중독된 사랑의 노래 가사까지 순간순간 감정이입이 되어 녹아들었다. 더 바랄 게 없었다. 우리는 담배 연기가 자욱한 방에 누워서 빗소리를 들으며 라이브 동영상을 보았다. 오늘의 분위기와 정말 잘 어울리는 노래라고 내가 말했다. 나를 에워싼 빗소리가 그 순간 달콤하게 느껴졌다.

지금 우리 정말 로맨틱하지 않아요?

이번에도 내가 말했다. 내 등 뒤에서 백허그를 한 채 그는 말없이 노래에 빠져 있었다. 어느 순간 리드 보컬 보노가 한 여성 관객을 무대 위로 올려 나란히 누운 채 "I can't live with or without you."라고 읊조리듯 노래했다. 우리는 익숙하게 반복되는 음절을 따라 부르면서 서로를 꼭 껴

안아주었다. 내게 고스란히 전해지던 그의 따뜻한 심장소리. 29살의 내 옆에 있는 38살의 눈부시게 빛나는 한 남자의 눈동자에 비친 유일한 어떤 무엇이 '나'라는 사실을 발견했을 때, 한순간 그 공간의 모든 사물과 공기가 늘어난 테이프처럼 나른해졌다. 그날의 그 감정에 대해서 한 번도 따로 이야기한 적은 없었지만 비로소 그와 내가 마음이 통한 것 같은 느낌이 들었다. 그와 나는 팔팔 끓고 나서 4분간이었다. 이대로 모든 것이 끝나도 아쉬울 것이 없겠다는 생각과 동시에 이 순간을 평생 잊지 못할 것 같다는 어리석은 생각을 했다.

병실에 아침 식사가 배달될 즈음에 간병인이 왔다. 장마 때문에 간밤에 집안 단속을 좀 하고 오느라 늦었다고 변명을 했다. 아빠한테 신임을 얻었다 싶었는지 너무 마음을 놓는 것 같았다. 아빠 카드로 병원 밖에 나가서 밥을 사 먹기 일쑤였고 아직 욕창이 생기지도 않았는데 베이비파우더며 마데카솔 분말을 대용량으로 사 들고 왔다. 매사에 오바하는 바람에 짜증이 나는 걸 꾹꾹 눌렀다. 아빠는 그 와중에도 눈치 빠르게 내 표정을 읽었다.

내가 피 토했을 때 보니까 쩔쩔매는 간호사들 보다 오 여사가 훨씬 낫더라. 내가 진짜 감동 먹었다. 생판 첨 보는 남자 똥오줌을 다 받아내면서도 인상 한 번 안 쓰는 것도 고맙고.

아빠는 해골처럼 말라가는 얼굴을 있는 대로 구겨가며 오 여사를 감싸고 들었다. 나는 그게 간병인이 하는 일이라고 말하고 싶은 걸 참았다.

가족도 못 할 일을 하고 있잖아. 네 맘에 좀 안 들어도 나한테 꼭 필요한 사람이니까 웬만하면 이해해줘라.

틀린 말은 아니었다. 아빠가 내게 처음으로 오줌통 좀 받쳐 달라고 했을 때 정말 참담했다. 생전 처음 엄마를 원망했다. 나는 절대로 결혼하지 않을 것이며 자식은 더더욱 낳지 않겠다고. 내가 혹시라도 미쳐서 결혼하겠다고 하더라도 누가 나를 제발 좀 말려줬으면 했다. 쩔쩔매면서 기저귀를 갈고 나면 아무리 조심해도 병상 시트 여기저기에 똥을 묻히기 일쑤였다. 아빠 몸을 공 굴리듯 굴려가며 뒤처리를 말끔히 해치우는 오 여사가 존경스러울 지경이었다. 아빠는 오 여사를 간병의 달인이라고 엄지를 치켜세웠다.

간병은 기술로만 하는 게 아냐. 마음으로도 한다구.

질투가 나서 입이 쑥 나왔다. 말은 그렇게 했지만 말기 암 환자를 간병하는 건 마음만으로 되는 일은 아니었다. 행여 아빠가 상처 받을까 봐 말 한마디도 조심하다 보니 점점 웃을 일이 없어졌다. 그런 나와 달리 오 여사는 아빠를 스스럼없이 대했다.

집중치료실에서 시체처럼 누워서 수혈을 받는 아빠를 처음 보고도 명랑함을 잃지 않았다.

우리 셋째 오빠랑 꼭 닮았네요. 오빠라고 불러도 되죠?

오 여사는 행여 아빠가 느낄 수치심 따위를 일시에 걷어가 버릴 줄 알았다. 아빠는 별안간 눈을 동그랗게 떴다 감으며 고개를 끄덕였다.

그래 동생.

아주 둘이서 죽이 척척 맞았다. 그러고 보니 살이 빠져서 움푹 들어간 아빠의 큰 눈과 눈두덩이 쑥 들어간 오 여사의 눈이 어딘지 닮아 보였다.

아빠는 아침 식사로 배달된 미음을 거들떠보지도 않았다. 피를 토한 이후 입으로 무언가를 넘기는 걸 공포에 가까울 정도로 두려워했다. 오 여사가 입에 대준 빨대로 물을 딱 한 모금 마시는 시늉을 했을 뿐 알부민 주사에만 의존하고 있었다. 곡기를 끊으면 끝이라던 어른들의 말이 떠올라 초조했다. 오 여사에게 아빠를 맡기고 목욕이라도 하고 그에게 가야겠다는 생각을 했다. 그에게 메시지를 보내려고 병실 밖 복도로 나갔다. 마침 그의 메시지가 와 있었다.

이삿짐을 정리하는 중이야.

그게 무슨 소린가 한동안 짐작이 되지 않아 어리둥절했
다. 할 말이 있다더니 만나지 못하고 지내는 동안 무슨 일
이 있었던 걸까. 나는 서둘러 아빠에게 인사를 하러 갔다.
병상에 붙은 간이 커튼이 둘러쳐져 있었다. 아빠, 하고 무
심코 커튼 한쪽 끝을 들쳤더니 기저귀를 갈고 베이비 파우
더와 마데카솔 분말을 바르는 중이었다. 아, 예 계속하세
요 하고 나는 방해가 될까 봐 자리를 비켜 다시 병실 복도
로 나갔다. 오 여사가 어쩐 일인지 비닐장갑을 낀 채 황급
히 뒤따라 나왔다.

이리 와서 이거 좀 배우세요.

오 여사가 내 팔을 잡았다.

싫어요. 그걸 뭘 배워요.

나는 손사래를 쳤다. 아빠 기저귀 한 번 가는 것도 얼마
나 용기가 필요한데. 무슨 마사지까지 하라는 거야 뭐야.
그러고 보니 좀 전에 무심코 본 광경이 좀 생경하게 떠올
랐다. 아빠 환복을 아래위 끝으로 밀어젖혀 놓고 배꼽 아
래에서부터 허벅지까지 온통 하얀 분칠을 하고 있었다. 아
빠는 욕창 기미가 전혀 없었다. 그런데도 굳이 바를 필요
도 없는 그것을 그리 떡칠을 하다니. 더 의아한 것은 오 여
사의 거침없는 손길을 흐뭇하게 내려다보던 아빠의 표정

174

이었다. 오 여사가 그렇듯 당황해서 나를 뒤따라 나온 것
도 이해가 되지 않았다. 나는 아빠에게 내일 오겠다고 인
사를 하고 나왔다.

우산 가져가라.

아빠가 말했다.

그의 집은 펼쳐놓은 이삿짐 때문에 어수선했다. 웬일인
가 하는 내게 그가 말했다.

다음 주에 속초로 가.

속초는 그의 고향 집이 있는 곳이었다.

알고는 있으라고.

알고는 있으라고요? 내가 알고나 있지 뭘 어떡하겠어요?

언젠가 화장실 벽장에서 수건을 꺼내다가 본 여자화
장품이 떠올랐다. 만나는 여자가 있구나 하는 생각을 했
었다. 그가 내게 사귀자거나 사랑한다는 말을 하지 않은
건 그 때문이 아닐까 짐작할 뿐이었다. 그가 나에게 잡히
지 않을 사람처럼 멀게만 느껴졌다. 그것이 그렇게 충격적
이고 슬펐지만 그뿐이었다. 나는 누군가를 내 소유로 붙
잡아두고 싶은 마음이 조금도 없었다. 오히려 다행인지도
몰랐다.

속초에 가면 그를 보기 힘들 것이었다. 무르익은 술자

리에서 술 권하는 사람이 없으면 미련 없이 자리를 떠나야 하는 법. 파티장을 나서야 할 순간을 아는 사람이 아름다운 법이다. 알고는 있으라고 한 그의 말이 칼끝처럼 신경을 건드렸다. 절벽 같은 단절감. 그것은 한 번도 가본 적 없는 속초와 이 대도시 사이의 거리만큼이나 아득히 멀었다.

너답지 않게, 왜 이리 자조적이냐.

나다운 게 뭔데요? 쿨하라고요? 그러죠 뭐. 이 방을 나서는 순간 우린 남남이니까.

뭘 그렇게 비약하니? 그냥 내가 속초로 가는 거야.

학교는요?

미련 없어.

그만둘 생각이에요?

응.

대답이 너무 명쾌해서 말문이 막혔다. 우리 사이란 게 이렇게 허황한 거였나요? 그렇게 혼자서 일방적으로 모두 결정하고 통보만 하면 원위치가 되는 그런 사이예요? 그런 공허한 말들이 목구멍까지 차고 올라왔지만 황급히 눌렀다.

아침에 눈을 뜨면 밑불이 꺼져버린 냉방에서 자고 일어난 것처럼 추워. 너희한테 스무 살의 밑불을 살려야 서른 살 마흔 살이 제대로 타오를 수 있다고 호기롭게 말했지만 우습게도 나는 스무 살의 밑불을 못 살린 거 같아.

그의 눈가가 어두웠다.

스무 살에 밑불을 못 살렸으면 서른, 마흔에라도 되살리면 되는 거예요. 빛나는 것만 의미 있는 게 아니라고요.

그는 힘없이 고개를 끄덕였다.

결국은 그렇게 떠날 걸 왜 나한테 왔어요? 내가 무슨 선생님 간이역이에요?

그의 동공이 확 커졌다. 금세 침울해져서 냉장고로 가 소주를 꺼내는 걸 보고도 가만히 내버려두었다. 그가 물컵에 소주를 가득 따라 마셨다.

내 맘이 너한테 간 건 불가항력이었어. 그걸 모르겠니?

가슴이 답답했다. 창가로 다가가 창문을 열었다.

형이 죽었어.

팽팽하게 조여 있던 줄 하나가 툭 끊어지는 느낌이었다. 침묵이 한동안 두 사람을 갈라놓았다.

예전에 네가 새벽에 와서 〈엘비라 마디간〉을 본 적이 있었잖아. 나 그때 잠이 깼는데 자는 척 가만히 있었어. 나를 깨우지도 않고 가버리더라. 혼자 일어나서 영화를 봤어. 영화 속에서 네가 뭘 느꼈을까 찾아가는 느낌으로. 물이 끓기 시작해서 4분 후면 계란이 알맞게 익는 것처럼 우리 인생도 끊고 나서 4분 후면 끝이라는 거. 그다음은 잡지의 부록처럼 있어도 그만 없어도 그만인 아무 의미 없는 시간이란 생각이 들더라. 그저 어제가 오늘 같고 오늘이 또 내일과 같은 그런 반복이거나 연명에 지나지 않는 삶이잖아. 유복자인 나를 두고 막장에서 죽은 아버지나 자살한 형이나 그걸 진작 알았던 거 아닐까. 치매 걸린 우리 어머니만 진절머리 나도록 저리 오래 살고 계신 거지. 그건 삶이 아니고 저주야 저주라구.

그가 끝없이 중얼거렸다. 간혹 뼈아픈 마음이 되었지만 나는 평정심을 잃지 않으려고 애썼다. 끊은 지 한참 지난 담배 생각이 났지만 그뿐이었다. 열린 창밖을 내다보았다. 비 갠 하늘이 덜 익은 매실처럼 희푸르스름했다. 문자 알림 소리가 들렸다. 오 여사였다.

처음이라는 매혹

현관문을 열자 방문 앞에 분홍색 목욕바구니가 놓여있었다.

"엄마, 목욕 갔다 오셨구나."

나는 좀 과장된다 싶을 정도로 명랑하게 인사를 했다.

"갔는데 못 하고 왔어."

방문 앞에 선 엄마의 표정이 시무룩했다. 그러고 보니 마른 수건이 그대로 목욕바구니를 덮고 있었다. 머리는 납작하게 눌려 감지 않은 티가 역력하고.

"아니 왜요, 화요일도 아닌데."

화요일은 동네 목욕탕이 쉬는 날이었다.

"보호자 없이 왔다고 못 들어가게 하더라고."

"세상에 늘 혼자 잘 다니던 사람을 갑자기 왜 못 들어가게 한대요?"

"해필 어떤 늙은이가 넘어져서 119에 실려 갔다네. 인자 진짜 다 살았는갑다. 목욕탕 가서 쫓기나기는 또 생전 처음이네."

야단맞은 아이처럼 풀이 죽어서 심란해하는 모습이 빤히 보였다. 다 살았는갑다 하는 말이 목구멍에 턱 걸렸다.

"엄마, 나오세요. 제가 보호자 할게요."

나는 목욕바구니를 챙겨들며 나오시라는 손짓을 해 보였다.

"집에서 씻으면 되지 뭐, 엊그제 정희가 지 아버지 이장이 잘 끝났다고 전화가 왔길래 목욕이라도 하고 올까 싶어 갔더마는."

엄마가 말끝을 흐렸다. 70년대 말 파독간호사였던 정희 씨는 자식이 없는 엄마에겐 딸 같은 조카였다. 한국전쟁 때, 좌익으로 몰려 집단 총살당한 아버지의 묘지 이장 문제로 왔다가 한국에 체류 중이었다.

엄마는 말은 괜찮다고 하면서 분홍 목욕바구니를 바퀴가 네 개 달린 보행기에 슬쩍 챙겨 담았다. 그러고는 어느새 목도리까지 두르고 이내 현관문 앞을 나섰다. 내 마음이 변하기라도 할까 봐 염려하는 사람처럼.

"아이고 우리 엄마 동작도 빠르시네."

엄마가 멋쩍게 웃었다.

엄마는 내가 돌보고 있는 독거노인 중 한 분이다. 요양
보호사들은 돌보는 여성 노인을 엄마라고들 부른다. 호칭
이라는 것이 묘해서 그러다 보면 정말 친정엄마처럼 애틋
한 마음이 들기도 하니까. 엄마라 부르며 돌보던 노인을 요
양병원에 보내고 나서 한동안 힘들었던 적이 있었다. 엄마
는 호떡을 참 좋아하셨다. 한번은 씨앗호떡을 두 개 사 와
서 나누어 먹었다. 그 답례로 곰팡이가 허옇게 피고 군내가
나서 물러 터져 먹지도 못할 김치 한 포기를 비닐봉지에 정
성스레 담아주셨다. 엄마는 해 질 녘이면, 누군가 내다 버
린 의자를 기운 누더기 같은 다 쓰러져가는 집 앞에 갖다
놓고 앉아 오가는 사람들을 무심히 바라보곤 했다. 어딘
가 이승 저 너머에 가 있는 것 같던 그 공허하고 외로운 눈
빛. 살짝 취해서 비칠대며 골목을 걸어 들어오던 노인의 입
가에 걸려있던 어딘지 민망해하는 듯 권태가 묻어나던 희
미한 웃음. 이상하게도 그런 모습들이 떠오르면 울컥 울음
이 치밀었다. 가난과 죽음이 잠복해 있는 도시의 뒷골목으
로 흘러들어 온 노인에게서 문득문득 나 자신의 모습을 보
았기 때문이었다. IMF 때 회사에서 잘린 뒤로 옳은 벌이도
없이 세상 풍파에 시달리다 빚만 남기고 가버린 남편과 중

국 유학 갔다 거기서 눌러앉은 딸아이. 가족이라야 달랑 세 식구였는데, 내 노후도 정부의 생활 보조금 몇 푼에 목매는 독거노인보다 나을 게 없었다. 일이 끝나고 동해남부선이 지나가는 굴다리를 빠져나와 사람들 사이를 걸어가면 뜨끈한 홍합국물에 소주 생각이 간절해지곤 했었다.

골목을 나서면 바로 몇 미터 앞에 좁고 오래된 동네목욕탕이 있었다. 싼 입장료 때문에 언제나 만원이었다.

등밀이 기계가 놓인 타일 벽면에는 아크릴판에 빨간 글씨로 쓴 안내문이 일렬종대로 주루룩 붙어 있었다.

-등밀이 기계는 등만 1회 사용하고 비킬 것
-등 외의 곳에 사용하면 바로 퇴장 돈 안 내줌
-싸움하면 둘 다 퇴장 돈 안 내줌

온탕 위 벽면 타일에는 서체를 달리한 더 큰 글씨가 붙어 있었다.

-물이 부족합니다. 사람이 먼저 목욕해야 하지 않겠습니까? 빨래하면 목욕비의 50배(10만 원)로 배상합니다.

목욕비가 3천 원이니까 50배면 15만 원인데, 2천 원 할 때 붙은 안내문인 모양이었다. 이건 숫제 안내문이 아니라 경고문 수준이었다. 그뿐이 아니었다. 샤워기 밑에는 '염색하면 퇴장 돈 안 내줌', '자리싸움 하면 둘 다 퇴장 돈 안 내줌' 따위의 종결어미가 마치 웃음을 유발하는 랩의 라임 같았다. 그 밖에도 미끄러우니까 조심하라, 물을 아껴 써라, 머리 감고 탕 안에 들어가라, 샤워기는 자리가 비면 누구든 사용할 수 있으니까 독점하지 마라 등등. 문제가 발생할 때마다 벽면을 채워나간 티가 역력한 활자들이 와글와글 떠들어대는 격문 같았다.

마침 목욕이 끝나가는 자리가 보이자 엄마가 목욕바구니를 그 자리에 잽싸게 들이밀었다. 그 동작이 어찌나 자연스러운지 슬며시 웃음이 나왔다.

경고문이 무색하게 속옷을 가지고 들어와 타일바닥에 문질러 빨거나, 등밀이 기계에 가슴이며 팔다리 할 것 없이 들이밀고 온몸을 연체동물처럼 비벼대며 때를 미는 거북한 모습도 보였다. 그걸 보면 또 경고문 나무랄 것도 아니지 싶어 맥이 빠졌다.

온탕은 대여섯 명 들어가면 꽉 찰 만큼 비좁았다. 온탕 물 위로 살비듬이 둥둥 떠다녔다. 나는 땟물을 넘기려고 가차 없이 수도꼭지를 틀었다. 옆에 있던 목욕객이 물 좀 아낍시더, 하더니 수도꼭지를 꽉 잠그고 탕 밖으로 나가버렸다. 뭐라고 변명할 틈도 없었다.

"이런 목욕탕 처음이재, 돈 없으면 심성도 싸나바진데이."

엄마는 그게 마치 당신 잘못인 양 민망해했다. 나는 '자리싸움 하면 두 사람 다 퇴장 돈 안 내줌'이라고 적힌 아크릴판의 글씨를 손가락으로 가리켰다. 엄마가 입술을 앙다물고 웃었다.

등밀이 기계에 앉겠다는 엄마를 만류하여 등을 꼼꼼히 밀어드리고는 도망치듯 탈의실로 나왔다.

목욕이 끝나고 밖으로 나온 엄마가 하필 복잡한 시간에 와서, 하면서 겸연쩍어했다. 분홍 목욕바구니에 담아 온 페트병의 생수를 한 모금 마시고 그 와중에도 세상에 이렇게 개운하기는 또 생전 처음이네, 라며 활짝 웃었다.

그리고 보면 요즈음 들어 엄마는 말끝마다 '생전 처음'이란 말이 입에 붙었다. 독감이 나아서 퇴원한 뒤부터는 유독 더 그랬다. 늘 먹던 음식인데도 생전 처음 먹어본다고 감탄하거나, 약 먹을 시간을 놓쳐서 통증이 느껴지면, 세상에 이렇게 아프기는 생전 처음이라고 쩔쩔맸다. 이리 맨맨하고 맛있는 감은 생전 처음 먹어본다거나, 봄도 아닌데 딸기를 먹어보기도 생전 처음이라든가, 자주 꾸는 연탄

불 피우는 꿈을 꾸고 나면 그리 불이 안 붙기도 생전 처음이라고 눈을 동그랗게 떴다. 엄마의 침대 머리맡에는 매끼 먹는 약봉지 가짓수가 늘어나고 있었다. 약 기운으로 하루하루를 버티는 88세 노인에게 생전 처음인 일이 뭐가 있을라고 저리 기승전 생전 처음일까 실소가 나왔다. 그러다가도 노인이 한 번쯤 다시 살아보고 싶어 하는 건 아닐까 하는 의구심마저 들었다. 그 때문에 매 순간이 마치 처음인 것 같은 아니 처음이었으면 하는 착각에 빠지는 건 아닌가 해서 애연해졌다.

"엄마, 다음에는 바다가 환히 내려다보이는 조용한 사우나로 함 모실게예."

나는 기꺼이 시간을 내보리라고 다짐하듯 말했다. 바다이 다 비치는 깨끗한 온탕에 몸을 담그고 먼 바다를 보면 이렇게 전망 좋은 목욕탕은 또 생전 처음이라고 얼마나 좋아하실까. 이참에 이장하느라 심신이 지쳐 있을 정희 씨도 함께 가면 어떨까 하는 생각을 잠시 했다.

"아이고, 말만 들어도 고맙네."

엄마는 담담하게 응수했다. 집 밖으로 이동하는 데 따른 번거로움과 내게 부담을 주지 않으려는 마음이 엿보였다.

당신 자식들 줄 곰국까지 끓이고 얼려 꼭 우체국택배로

보내 달라거나, 이동해야 하는 사람을 붙들고 여기 주물러라 저기 주물러라 아파 죽겠다고 우는소리를 하며 찌푸리고 있는 노인들과는 달리 엄마는 까탈스러울 정도로 신세 지는 걸 싫어했다. 다리가 아프면 엉덩이를 밀고 다니는 한이 있어도 방 안 걸레질까지 말끔히 해놓고, 설거지한 행주까지 꼭 짜서 탈탈 털어서 널어놓았다. 제발 그러지 마시라고 그런 거 하려고 제가 온다고 해도 당신 운동 삼아 하는 거라며 외로운 늙은이 말동무 돼주는 것만도 고맙다고 손사래를 쳤다. 그러고 보면 대부분의 독거노인들은 늘 말동무를 아쉬워했다. 돌보는 노인들의 과거나 가족관계를 캐려 들지 않는 게 우리들의 불문율이긴 하지만, 알려고 하지 않아도 일주일에 두 번씩이나 방문하다 보면 저절로 알게 되는 일이 더 많은 법이다.

정희 씨만 해도 내가 엄마를 돌보기 시작하자 얼마 있지 않아서 먼저 카톡으로 연락을 해왔다. 고모를 돌봐주어서 고맙다는 인사로 시작된 전화가 이제는 친구들보다 더 자주 보이스톡을 하는 사이가 되었다. 지겹도록 전화통을 길게 붙들고 늘어지는 바람에 졸면서 받을 때도 있지만, 워낙 경계가 없고 지나치게 솔직해서 빈말이 없는 사람이었다.

그녀는 세 번 결혼했다. 첫 결혼 상대는 파독광부였다.

갱도에서 중증 사고를 당한 남편은 그녀와 딸아이를 두고 한국으로 돌아가 버렸다. 딸아이를 키우며 같은 병원에 근무하던 독일인 의사와 재혼을 했지만 오래가지 못했다. 은퇴한 목사였던 세 번째 남편은 불법체류 여성들이나 성매매 여성들이 수감되어 있는 교도소에서 봉사활동을 하던 인권운동가였다. 그는 그녀를 정신적으로 성장시켜준 사랑했던 사람이었지만 지병으로 세상을 떠났다고. 7년 전, 결혼을 앞둔 하나뿐인 딸이 자살한 뒤에 그녀는 반쯤 미쳐가고 있었는데 그때 제 발로 제그(ZEGG)라는 공동체에 들어가서 2년을 살았다고 했다. 성 해방을 실험하고 명상을 통해 정신적 치유를 얻는다는 곳이었다. 제그에 있을 때 만난 사람들과 인도로 네팔로 명상여행을 떠난 이야기를 들려주기도 했다. 그럴 때면 그녀가 마치 책에서나 만난 사람처럼 아득하게 느껴졌다.

엄마는 대낮에도 햇빛 한 줄기 들지 않는 북쪽 방에서, 잠잘 때 외에는 늘 형광등을 켜고 살았다. 외출에서 돌아와 깜깜한 벽면을 더듬어 형광등 스위치를 찾는 순간을 아주 성가셔했다. 그도 그럴 것이 형광등 스위치란 손 닿는 곳에 있기 마련인데, 이 집은 영 엉뚱한 곳에 붙어 있었다. 모르는 사람은 방 벽면을 더듬다가 포기하기 딱 알맞은 지점이었다. 방문 오른편 끝에 붙어 서서, 서너 발짝을 걸어

들어가야 기역자로 꺾어지는 벽면이 나오는데 그 모서리에 비로소 현관과 안방 스위치가 나란히 있었다.

초등학교 뒷골목에 있는 이 집은 80년대 코흘리개들의 전자오락실 자리였다. 전자오락실이 사양길에 접어들자 집주인이 문을 닫고 거기다 방을 만들어 세를 놓았다. 얼기설기 엮어 만든 방은 문이며 창문 아귀조차 맞지 않았다. 싱크대는 비스듬히 기울고, 세면실과 화장실은 따로 떨어져 있었다. 게다가 화장실 변기에 앉으려면 마치 상자 속에 들어가듯 몸피를 줄여야 했다. 방음은 최악이었다. 옆방에 세 든 젊은 중국인 여성이 광둥어를 쓰는 남자 친구를 데려와 섹스 중에 내는 교성이며, '폭까이', '디우레이라' 같은 거침없는 욕설을 하며 싸우는 소리까지 다 들렸다. 신이 발에 맞으면 신발을 잊는 법인데 집이 이 지경이니 자죽자죽 불편했다.

형광등 스위치도 그중 하나였다. 눈이 어둠에 순응하기 전에 스위치를 찾아 벽면을 더듬는 그 순간의 정적을 엄마는 되게 싫어했다. 누군가 손등을 덥석 잡을 것만 같다고 했다. 그 때문에 스위치 요철이 손에 닿기만 해도 얼른 올리느라 허둥댔다. 형광등이 서너 번 깜박거리다가 딸깍하고 불이 들어와도 손등의 이물감이 얼른 사라지지 않는다고 했다.

나는 방 안 형광등을 켜고 안으로 들어갔다. 좁은 싱크대 위 야채 소쿠리에 부추며, 배추, 호박, 홍고추 등이 가지런히 담겨 있었다.

"조카님 온다고 준비를 다 해놨네예."

살이 통통히 오른 참조기도 대소쿠리에 담긴 채 잘 말라가고 있었다.

"정희가 김 선생하고 나가서 저녁이라도 같이 먹자 했는데, 내가 나가기 귀찮아서 있는 반찬에 집에서 먹자고 했다. 오늘 김 선생이 내 땜에 고생했는데 부추전 부쳐줄 테니까 먹고 가시게."

"고생은요. 부침가루랑 계란 줘보이소. 제가 개는 게 더 빠르겠는데예?"

엄마가 벽시계를 흘끔 보더니 싱크대 밑 찬장 안에서 스텐 볼을 꺼내고 전 부칠 준비를 했다. 나는 스텐 볼을 건네받아 재빨리 부침가루랑 계란을 풀어 물을 붓고 개었다.

싱크대 앞이 좁아서 안방에 신문지를 깔고 전기 프라이 팬 코드를 꽂고 전 부칠 재료들을 모두 안방으로 날랐다. 엄마는 등받이가 있는 앉은뱅이 의자에 앉고 나는 방석을 깔고 앉았다. 부추전과 배추전, 다홍고추로 고명을 올린 애호박전을 차례로 굽는 동안 엄마가 유리병에 든 붉은색 과실주를 쟁반에 담아내 왔다.

"뭔데 색깔이 이렇게 예쁜데예?"

붉은색이 매혹적이었다.

"갱년기 여자한테 좋다니까 마셔보라고."

엄마가 검버섯이 핀 눈가에 잔주름을 잡으며 웃어 보였다.

"아, 석류주구나."

홍보석 같은 석류알갱이를 떠올리자 입안에 금세 신침이 고였다. 엄마가 유리잔에 석류주를 따라주었다. 안주 삼아 부추전 한 개를 찢어서 먹고 석류주를 한 잔 마시자 복잡한 목욕탕에서 받은 피로감이 한결 가시는 듯했다.

그때, 누군가 유리창이 달린 미닫이 현관문을 여는 소리가 들렸다. 엄마는 정희가 왔나 부다, 하더니 얼른 일어나 방문을 열었다. 정희 씨였다.

"작은고모."

그녀는 두 팔을 자루 주머니처럼 벌리고 다가와 엄마를 안았다.

"그래 얼마나 고생이 많았노. 이장도 잘 끝났다면서."

엄마가 그녀의 손을 잡아끌었다. 정희 씨가 엄마 뒤에 선 나를 발견했다. 지난주에 봤으면서도 무슨 십년지기나 만난 듯이 눈을 크게 뜨고 반가워했다.

"어디서 이리 고소한 냄새가 나나 했더니 어릴 때 먹던 배추전이네요."

그녀는 이내 소쿠리에 제법 소복이 쌓인 배추전을 가리키면서 맛있겠다고 입맛을 다셨다. 나는 다홍고추 고명을 올린 애호박전을 소쿠리에 가지런히 담고는 방 안에 어지럽게 널린 전기 프라이팬이며 전 소쿠리를 재빨리 부엌 쪽으로 내갔다. 그러고는 두레 밥상을 펴고 큰 접시에 전 모둠을 담았다. 정희 씨가 연신 감탄을 하면서 배추전을 초간장에 찍어 먹는 동안, 엄마가 아침에 끓여두었다는 육개장을 데우고, 복지관에서 보낸 김치를 썰고, 냉장고에 있는 밑반찬들을 꺼내 저녁 밥상을 차렸다. 저녁을 먹기에는 좀 이른 시각이었지만 허기져 보이는 정희 씨를 보자 망설일 이유가 없었다. 칼집을 넣어 노릇하게 익힌 조기까지 한 접시 내오자 밥상이 그득했다.

엄마는 앉은뱅이 의자에 앉은 채 앞 접시에 당신 먹을 만큼 반찬을 덜어서는 천천히 밥을 먹었다. 정희 씨는 쌉싸름한 산채나물과 배추전에 젓가락이 자주 갔다. 육개장도 한 그릇이나 비웠다. 나는 부추전만으로도 포만감이 들었다.

상을 물리고 매실차와 깎은 배를 내오자 정희 씨가 디카에 담아온 사진들을 열어 보여주었다. 봉분도 제대로 없는 무덤자리를 파묘하는 장면부터 유골을 수습해서 이장하는 장면까지 여러 장의 사진이 길게 이어졌다. 정희 씨 오빠가 침통하게 서 있는 모습도 찍혀 있었다. 엄마는 돋보기를 끼고 그것들을 하나하나 찬찬히 들여다보았다.

"세상에, 65년이나 지났으니 유골이랄 게 뭐 있겠노."

엄마가 긴 한숨을 쉬었다.

"뼈가 있었던 자리에 있는 흙을 뼈 대신 싸서 옮기던데요."

정희 씨가 말했다.

깜깜한 밤중에 집단학살 현장을 몰래 찾아간 사람은 그녀의 외할아버지였다고 했다. 시체 더미 속에서 전깃줄 와이어에 두손 두발이 다 묶인 사위를 찾아서 지게에 지고 올라가 산지기의 도움을 받아 급히 묻었다고.

"우리 오빠 인제 새처럼 훨훨 날아갔겠다."

엄마가 날갯짓하는 새를 바라보듯이 돋보기를 벗고 허공에다 긴 한숨을 쉬었다.

정희 씨는 스물다섯 살에 파독간호사로 가서 45년간을 독일에서 살았지만, 세 살 때의 트라우마에서 평생 벗어나지 못했다고 한다. 대청마루를 어지럽게 지나다니던 군화와 안방 장롱에 붙어 있던 알록달록한 색유리가 깨어져 방바닥에 뒹굴던 모습, 그것을 다급히 밟고 지나가던 검은 구두들, 방 안에서 울고 있던 어머니와 마당에 쓰러져 있

던 할머니의 모습. 그 기억은 이역만리 독일 땅에서도 그
녀의 고통스러운 꿈속에 수시로 출몰했다고 한다. 두손 두
발이 다 묶인 사람은 죽은 사람만이 아니었던 것이다. 산
사람들의 형국도 그와 별반 다르지 않았으므로.

"아버지가 끌려갈 때, 작은고모는 어디 있었어요?"

정희 씨가 물었다.

"시댁에 가 있을 때였지."

"아니 남편도 자식도 없는 집을요?"

"옛날엔 그랬지 뭐. 한 번 시집가면 그 집에서 늙어 죽도
록 농사짓고 시부모 봉양하고……."

"세상에 말도 안 돼."

그녀가 어이없는 표정으로 나를 보았다.

"나야 그리 못하고 진작 그 집에서 나와버렸지만……
스물두 살 청상과부 며느리가 불쌍했는지 시아버지랑 시
동생들이 참 잘해주더라. 근데, 하루는 새벽에 가슴이 답
답해서 눈을 뜨니까 누가 내 배 위에 올라와 있어. 얼마나
놀랬겠노. 내가 놀래면 민망해할까 봐 가만히 있었더니 좀
있다가 내려가더라고. 방문을 살째기 열어보니까 마루에
송홧가루가 노랗게 앉았는데 그 우에 어른 발자국이 안방
앞에까지 찍혀 있더라."

"시아버지가 그랬다고 했지, 작은고모."

그녀는 여러 번 들어 아는 이야기인 모양이었다.

"그래. 아들 죽고 자리보전한 시어머니야 안됐지만 우짜겠노. 하직인사를 하니까 시아버지는 외면하고 돌아앉아서 눈물만 흘리시더라."

엄마는 웃는 듯 우는 듯 희미하게 미소 지었다.

"불쌍한 우리 작은고모."

정희 씨가 낮은 탄식을 했다.

"작은고모, 나는 아버지하고 아무런 추억이 없잖아요. 오빠는 아버지랑 천렵도 가고 목말도 태워주고 했대요. 나는 꿈에서도 한번 못 본 아버지를… 오빠가 얼마나 부럽던지. 요양원에 있는 어머니는 아버지 묘를 이장하라는 외할아버지 유언을 지켜드려서 저승 가서 할 말이 생겼다고 어찌나 좋아하시던지."

그녀의 눈에서 눈물이 소리 없이 넘쳐 흘렀다. 독일에서 챙겨온 카밀레 핸드크림이며 금속 비누 등을 세심하게 에코백에 넣어 선물하면서도 고모를 잘 돌봐주셔서 고맙다고 눈물을 주르륵 흘리던 눈물의 여왕이었다.

"나는 그래도 너그 엄마가 얼마나 부럽었는지 모른데이. 우리 오빠는 무덤이라도 있고 이래 조카들도 있지마는 나는 그 사람이 어데 눕었는지도 모르고, 배태 한 번 못했다 아이가."

엄마가 쓸쓸히 웃었다. 정희 씨가 엄마 손을 가만히 잡았다.

정희 씨는 초등학교 2학년이 되던 어느 해 가을, 어머니를 따라 마을 아낙들과 구절초를 캐러 사당골에 갔다고 했다. 구절초가 지천으로 핀 언덕에서 어머니가 온몸을 진흙투성이가 되도록 지렁이처럼 기면서 정수 아버지요 하고 부르면서 목놓아 울었다고. 그런데 어린 눈에 그 모습이 너무 웃겨서 엄마 왜 그래, 하고 까르륵 웃었다고. 가만히 보니 함께 간 사람들은 웃기는커녕 아무도 어머니를 말릴 엄두를 못 내고 모두 따라 우는데 영문을 몰라서 흠칫했다고.

"구절초 바구니가 텅 빈 채 집에 돌아왔는데 할머니가 어머니를 호되게 나무라더라고요. 니는 와 안 시킨 짓을 하노 으이, 아를 와 거기 델꼬 갔노 하시는데, 할머니가 어머니한테 그렇게 화내시는 걸 처음 봤어."

그녀는 마치 어제 일처럼 그때를 회상했다.

"우리 엄마는 오빠가 그래 된 거를 숨기고 싶어 했거든. 다 시대를 잘못 만난 죄 아이가. 드러내놓고 슬퍼하지도 못하는 처진데 그 마음고생이야 하늘이 알고 땅이나 알았지 누가 알았겠노. 무슨 일만 생기면 자식을 가슴에 묻은 년이 뭣이 겁나겠노 했니라. 보자, 저 사진곽 좀 내려 봐라."

엄마가 벽에 걸린 오래된 벽걸이용 사진곽을 가리켰다.
가족들의 빛바랜 흑백 사진부터 컬러 사진까지 빼곡히 담
겨 있었다. 정희 씨가 얼른 사진곽을 내렸다.

"네 아버지 사진이라고는 천지에 딱 이거 한 장뿐일 끼
다. 이거 빼서 가져가거라."

엄마가 말했다. 기타를 치고 있는 젊은 남자의 사진이
었다. 정희 씨는 고개를 저었다.

"에이 괜찮아요. 나는 아버지 유골을 찍었는데 뭘. 이 사
진은 그대로 두세요."

그녀는 단발머리에 세라복을 입은 여학생 사진 한 장을
가리켰다.

"우리 작은고모 젊을 때 이렇게 예뻤는데. 붓글씨도 잘
쓰고 바느질 솜씨도 있고. 근데 왜 작은고모는 재혼을 안
하셨어요?"

"우리 때야 재혼을 곱게 안 봤다 아이가. 일부종사 이부
창녀라고 해쌓았거든."

정희 씨가 애연한 얼굴로 엄마를 보았다.

"작은고모도 참, 그런 걸 신봉했다고요?"

"뭐 꼭 그 때문은 아니었지만."

"동구 밖에 고조할머니 열녀비가 있었잖아요. 작은고모

도 어릴 때부터 그 열녀비를 보면서 학교를 다녔을 거니까 순결의식이 가슴에 박혔을지도 모르죠. 그놈의 열녀비를 무 뽑듯이 쑥 뽑아버렸어야 했는데."

그녀가 두 손으로 무 뽑아내는 시늉을 해 보이며 파도에 구르는 자갈돌 같이 까르륵거리며 웃었다. 그녀 특유의 웃음소리였다. 그녀가 얼마나 힘 있게 무 뽑는 시늉을 했던지 엄마와 내가 동시에 폭소를 터뜨렸다.

"세상에 쟤는 말을 해도 참……."

엄마가 입을 딱 벌리고 정희 씨에게 눈을 곱게 흘겼다. 우리는 웃음기를 쉬 거두지 못하고 웃고 또 웃었다.

나는 매실차로 목을 축이고 이쯤에서 일어서야겠다는 생각을 했지만 이야기를 끊고 일어서기가 쉽지 않았다.

"어릴 때 우리 7남매 중에 내가 제일 빌빌거렸는데. 학교도 간 날보다 못 간 날이 더 많았거든. 근데 내가 이래 오래 살 줄 우째 알았겠노."

엄마가 앉은뱅이 의자를 고쳐 앉으면서 말했다.

"늙은이들은 죽을 때 되면 와 옛날 일만 떠오르나 몰라. 치매 환자가 가까운 기억은 못 하고 먼 기억이 선명하다더만은, 이기 치매긴가?"

엄마가 내 얼굴을 빤히 쳐다보았다.

"에이, 엄마는 아직 정신이 초롱 같은데요 뭘."

그저 빈말이 아니었다. 엄마는 사소한 건망증 외에는 기억력이 좋은 편이었다.

"늙은이들 기억은 뺄셈 한가지라. 빼고 또 빼다 보믄 옛날 기억만 남으니까 그렇겠제."

"고모는 다 빼고 나면 뭐가 제일 기억에 남아요?"

정희 씨 질문에 엄마가 무언가 생각하는 표정을 지었다.

나는 사진곽에 든 시민대상 서예대회에서 입상을 하고 상패와 꽃다발에 싸여 환히 웃는 중년의 엄마 사진을 보았다. 엄마는 서예가였다. 지금은 방 한구석에 놓인 귀목반닫이 속에 차곡차곡 쌓인 아무도 찾지 않는 글씨들만이 그 시절의 흔적으로 남아 있지만. 손을 타서 반들반들해진 서탁에 방석을 깔고 앉아서 세붓으로 사경하던 모습이 참 보기 좋았는데 언젠가부터 붓 드는 걸 보지 못했다.

"암만해도 귀밑머리 마지 푼 신랑이 제일 기억에 남지. 같이 산 세월이야 1년도 안 됐지만."

짐작과는 다른 대답이라 좀 어리둥절해서 나는 정희 씨를 마주 보았다. 정희 씨가 양어깨를 으쓱하고 올려 보였다.

"우리 때는 혼례를 신부 집에서 치르고 나면 신행 온 신랑을 신부 집에서 묵혀가 시댁으로 들어갔거든. 근데 그 신행 중에 난리가 나버렸잖아. 피난 갔다가 광리 앞들에

들어서니까 시체 썩는 냄새가 코를 찔러. 미군이 보초를
서 있었는데 인민군이 얼마나 죽었는지 시체를 피해가 이
리저리 발을 옮기면서 지나가야 돼. 근데 어린 군인 하나
가 정말 곱게 죽어 있대. 진짜 죽었는가 혹시 살아 있는 건
아닌가 싶어서 내가 손을 다 만져봤어. 손이 분처럼 곱고
얼굴에 피 한 방울 없이 자는 듯이 편안하게 누워 있더라.
잘 돼야 열네댓 살이나 됐으까. 그 주검이 아직도 생생해.
신랑도 내캉 똑같은 생각을 했는지 자꾸 뒤돌아봐. 그라고
는 곧바로 전쟁터로 안 끌려갔나. 글 쓰던 손으로 총을 들
어봤자 총알받이지 뭐. 아들이 행방불명됐다는 통지서를
받고 시어머니는 그 자리에서 까무러쳐서 결국 못 일어났
어. 그 사람도 어디선가 광리 앞들에서 본 그 어린 인민군
처럼 누워 있을 거란 생각이 들대. 그곳이 어딘지 갈 수만
있다면 땅끝까지라도 찾아 나서고 싶었는데.”

엄마의 눈자위가 붉어지더니 이내 눈물이 흘러내렸다.
가슴이 덜컥 내려앉았다. 나는 앉은뱅이 의자 뒤로 가서
엄마, 하고는 메마른 등을 가만히 안았다. 엄마가 내 손등
을 쓰다듬었다.

“아이고 괜찮다. 지난 이야긴데 뭘. 다 잊은 줄 알았는
데…… 난리 중에 그 사람하고 우리 집 참외밭을 지나가던
기억이 아직도 너무 생생해.”

엄마는 패딩 조끼 호주머니에 항상 넣어놓고 있는 가제 손수건으로 눈가를 닦았다.

"우리 동네에 외밭이 많았거든. 노랗게 잘 익은 참외를 한 골씩 잡아서 따기로 하고는 그 사람은 웃웃을 벗어서 담고, 나는 치마에다 담았어. 한참 외 따는 데 정신이 팔려 있는데 갑자기 비행기 다섯 대가 쌕쌕이 소리를 내면서 바짝 낮은 공습을 하고 지나가는 거라. 얼마나 놀랐겠노. 둘이가 혼비백산해서 참외를 다 내던지고 걸음아 날 살려라 하고 도망을 안 쳤나. 집까지 도망쳐 와서 방 안에서 숨을 헐떡거리는데 그 사람이 참외 한 개를 불쑥 건네주더라. 그 와중에도 내 줄 끼라고 참외 한 개를 꼭 쥐고 뛰었다더라고. 그기 그렇게 든든할 수가 없어. 세월이 한참 흐른 뒤에도 참외를 보면 그 사람이 덧니를 보이면서 환하이 웃던 모습이 생각나서 마음이 그렇게 안 좋았어."

엄마는 거기서 이야기를 끊고 가만히 고개를 숙였다. 무언가 할 말을 못 찾고 낭패스러워하는 듯한데 무슨 생각을 하는지 알 듯 말 듯했다. 이쯤에서 일어나야지 하면서도 선뜻 일어서기가 뭣했다.

"엊그제 병원 갔다 와서 형광등 스위치를 찾는데 그 사람이 내 손등을 잡고 스위치 있는 데를 갖다 대주더라."

엄마가 고개를 들고 내 얼굴을 보았다. 가만히 보니 나를 보는 게 아니었다. 허공 저 너머를 보는 듯한 그 텅 빈 눈을 보는 순간 나는 어떤 기시감을 느꼈다. 2년 동안 돌보다 요양병원으로 간 노인에게서 보았던 바로 그 눈빛이었다. 나는 울컥 울음이 일 것 같아서 고개를 높이 쳐들고 가만히 눈을 감았다. 한순간 사방이 고요로 꽉 차는 느낌이었다.

풀어진 계란 노른자위처럼 초점을 잃은 엄마의 눈동자가 어딘가를 부유하고 있었다.

"나는 인자 죽음이 기대가 된대이. 간혹 가다 어찌된 판인지 하나하나가 다 낯설고 생전 처음인 거 같을 때가 있거든. 그라다가 금방 내 나이가 인자 여든여덟이지, 하고는 깜짝 놀래. 인자 내가 처음 겪을 일이 죽음밖에 더 있겠나 싶은 생각이 들거든. 죽음이야말로 내가 세상에 나서 생전 처음 겪는 진짜로 매혹적인 순간이 아이겠나 싶어서 은근히 기대가 된다니까."

엄마가 검버섯이 핀 눈가에 잔주름을 잔뜩 잡으면서 수줍게 웃었다. 요양병원으로 간 노인이 '자던 잠에 가야지' 하던 말이 떠올랐다. 온몸에서 힘이 빠져 달아나는 기분이었다. 자리에서 가만히 일어났다.

"다들 피곤하실 텐데…… 엄마도 좀 쉬셔야 되고 저도 인제 가볼게요."

백팩을 챙겨 매고 나가는 내 등 뒤로 다가와 엄마가 지퍼를 열고 부추전을 담은 비닐봉지를 넣어주었다.

정희 씨가 기어이 배웅을 하겠다고 따라나서다가 엄마의 의료용 침대 모서리에 무릎을 세게 찧었다. 앗 하는 비명이 터져 나왔다. 두어 번 깨금발을 뛰어 통증을 가라앉혔다. 나도 가끔 당하는 일이라 얼마나 아플지 짐작이 갔다. 서랍에서 얼른 물파스를 찾아주었다. 정희 씨는 바지를 올리고 멍이 든 무릎에 물파스를 발랐다. 그러고는 잊지 않고 디지털카메라를 챙겨 들고 뒤따라 나왔다.

추위에 새파랗게 질린 가로수 길에서 불어오는 골바람이 앙칼졌다. 포장마차가 하나둘씩 불을 켜기 시작하는 시각이었다. 정말이지 긴 하루였다. 빨리 집으로 돌아가서 쉬고 싶었다. 그런데 이번에는 정희 씨가 불이 켜진 포장마차를 가리키면서 저기 한번 들어가보고 싶다고 내 팔을 잡아끌었다. 오늘은 어떻게 내 마음대로 할 수 있는 게 하나도 없는 날일까 싶어 웃음이 나왔다. 하는 수 없이 두어 번 가본 적이 있는 포장마차를 골라 들어갔다. 뜨끈한 홍합국물에 소주를 시키고 우리는 방석을 깐 둥근 플라스틱 의자에 나란히 앉았다. 정희 씨는 복잡한 전선이 마구 엉켜 있는 전봇대 사진을 넘겨보면서 옆에 앉은 내게 보여주었다. 부산의 골목길을 찍겠다고 정희 씨랑 함께 다닌 날

찍은 사진이었다. 독일에는 전깃줄이 전부 땅 밑으로 들어가 있어서 볼 수 없는 풍경이라고 얼마나 신기해하던지 칭찬인지 비난인지 알쏭달쏭했었다. 문득 동네 목욕탕 벽면에 붙은 '돈 안 내줌'으로 끝나던 안내문이 떠올라 쿡 웃음이 났다. 정희 씨가 봤다면 카메라를 들이댈 풍경이었다. 정희 씨가 카메라를 끄자 우리는 잠시 말없이 그저 뜨끈한 홍합국물이 나오기만을 기다리는 형국이었다. 엄마랑 바다가 보이는 목욕탕에 한번 가자고 할까 말을 붙여보려는데 정희 씨가 뜸적 입을 뗐다.

"독일에 돌아가면 다시 쳌에 들어갈까 해요."

그녀가 툭 던진 쳌에 들어간다는 말을 나는 얼른 알아듣지 못했다.

쳌을 책으로 잘못 알아듣고는 독서에 집중하겠다는 그녀식의 어법으로 이해했다. 다음 순간 그것이 읽는 책이 아니라 제그(ZEGG)의 독일식 발음인 쳌이란 사실을 알아차렸다. 그녀가 2년 동안 살았다던 공동체.

"쳌이 마지막 대안인가요?"

"그건 모르죠."

그녀가 파도에 밀려오는 자갈돌처럼 까르륵 소리 내어 웃었다.

"어떻게 살면 죽음을 엄마처럼 그렇게 아름답게 말할

수 있을까요?"

"그러게요 첵도 어쩌면 처음 겪게 될 그 매혹적인 순간을 위해서 가는 건지도 모르죠."

그녀는 자기 말이 좀 무겁게 느껴졌는지 또 한 번 까르륵 웃었다. 주인 여자가 김이 무럭무럭 나는 홍합탕 냄비를 들고 오면서 뜨겁습니데이, 하고 주의를 주었다. 나는 플라스틱 의자를 당겨 정희 씨 곁으로 바짝 다가앉았다.

만선

1985년 늦가을, 하얀 배 한 척이 부산항으로 귀항 중이었다. 태양해운 소속의 영광87호였다. 인도양에서 1년 동안 참치 떼와 사투를 벌인 끝에 만선을 하고 그리운 집으로 돌아가는 길이었다. 25명의 선원들은 싱가포르항에서 가족과 친지들에게 줄 선물을 사고, 보름분의 주부식도 넉넉히 구입했다. 그들의 마음도 덩달아 넉넉해졌다. 이제 보름 후면 부산항에 닻을 내릴 것이었다. 뱃머리에 나와 있을 가족들 생각에 그들의 마음은 진작부터 설레었다.

선장은 아침부터 대청소를 하며 콧노래를 부르는 갑판원들에게 그래 좋냐, 하고 농을 걸었다. 갑판원들은 초보 선원이었다. 목돈 욕심에 원양어선을 탄 경우가 대부분이었다. 첫 항해의 신고식은 짐작 이상으로 호되었다. 그들이 어장에서 감은 낚싯줄만 해도 다 풀어놓으면 부산에서 대구까지는 갈 것이었다. 그걸 잘못 감는다고 갑판장에게 빠찟줄로 얻어맞기 일쑤였다. 참치잡이 미끼로 쓰는 꽁치와 고등어를 낚싯바늘에 끼우는 일은 조업 직전에 재빨리 해치워야 하는 일 중 하나였다. 미리 해놓으면 미끼 고기가 썩어버리기 때문이었다. 그걸 또 제때 못하면 씨팔, 좃팔 하는 욕설이 예사로 날아들었다. 지루하고 단순한 작업을 반복하다 보면 졸음은 또 어찌 그리 가멸차게 쏟아지던지. 브리지 당직을 설 때면 커피를 먹물처럼 진하게 타 마셔도 소용이 없었다. 졸다가 키를 잘못 잡는 바람에 배가 돌아가기도 했다. 그럴 때면 선장이 번개같이 달려왔다. 니 지금, 고기밥 되고 싶어서 환장했나 으이. 브리지는 배의 눈이야. 정신 안 차릴래. 선장의 두툼한 손바닥이 등짝을 사정없이 내리쳤다. 화들짝 놀라 깨어나면 씨팔, 노예선이 따로 없어, 확 바다에 뛰어들어 뿔라, 목구멍까지 욕지기가 치밀어 올라왔다. 파도가 심할 때는 바닷물이 배 철판을 때리는 소리가 마치 탱크 소리 같았다. 선실에 누워서 그 소리를 고스란히 듣자면 운명이구나, 이렇게 죽는구나 싶었다. 그나마 혼자 죽는 게 아니라 25명이 함께 죽는 거라고 위안을 해가면서. 그러면 좀 덜 억울할 것 같으니까. 그 고된 시간들을 다 보내고 이제 회항만 남았으니 그들의 기분이 어떨지 짐작하고도 남았다.

선장은 브리지와 연결되어 있는 선장실에서 모처럼 바둑을 두었다. 상대는 바둑알을 처음 잡아본다는 통신장이었다. 아홉 점이나 깔고 두는 접바둑이어서 싱거울 수 있는 판이었지만 폼 하나는 하수인 통신장이 훨씬 더 심각해 보였다.

─이대로 가면 부산항까지 예정보다 더 빨리 들어가겠는데요?

옆에서 훈수를 두던 2항사가 들뜬 기분을 숨기지 못했다. 선장은 손목시계 유리를 수북히 덮고 있는 손등 위에 난 털을 입술 바람으로 훅 불어버리고 시간을 확인했다. 오후 5시가 넘어가고 있었다.

─쓸데없는 소리 한다. 저어-기 백파 안 보이나.

선장이 면박을 주었다. 해면에 하이타이를 풀어놓은 듯이 허연 거품이 부글부글 끓어오르는 것을 백파라고 하는데 뱃사람들에게는 폭풍의 전조로 통했다. 백파가 심할 때는 주갑판을 뒤덮고 바람에 흩날린 물거품이 톱 브리지까지 후려쳤다. 그럴 때는 배 속도도 나가지 않았다. 바다가 잔잔하면 12노트로 달릴 수 있는 배가 1시간을 달려도 5마일을 채 못 갈 정도였다.

―큰 거는 아닐 겁니다.

2항사가 대수롭지 않다는 듯이 대꾸했다.

선장은 간밤의 꿈이 마음에 걸렸다.

어릴 때 친구들과 미군 부대에 시레이션을 훔치러 갔다가 들킨 적이 있었다. 난데없이 그 소년 시절이 꿈에 보였다. 시레이션을 눈앞에 두고 손도 못 대고 들켜버린 것이었다. '컴 온' 하고 미군 병사가 소리쳤다. 소년은 죽어라고 도망쳤다. 헐렁한 검정 고무신이 벗겨지는 줄도 모르고. 한참 뛰다 보니 뒤에 아무도 없었다. 친구들은 모두 붙잡혔다. 맨발로 동구 밖에 앉아 안도한 것도 잠시뿐. 붙잡힌 아이들 걱정, 맨발로 집에 가서 어머니에게 야단맞을 걱정으로 마음을 졸였다. 곧 아이들이 왁자하게 떠들며 나타났다. 잡혀서 야단맞기는커녕 초콜릿 선물까지 받았다며 희희낙락했다. 그는 꿈속에서도 어, 이거 뭐지 했다. 무사히 도망친 사람은 신발까지 잃고 마음 졸이고 있는데, 붙잡힌 친구들이 오히려 덕을 봤으니.

돌아가신 아버지는 늘 지장 덕장이 제아무리 잘나봐야 복장을 못 따라간다고 말씀하셨다. 바다에서의 상황이란 제아무리 잘난 선장이라도 운이 따르지 않으면 별 수 없었다.

남중국해에서는 갑판원 김은수가 조타 당직을 섰다. 어장에서 조업을 할 때는 항해사가, 항해 중에는 선원들이 순번대로 돌아가면서 브리지에서 키잡이 당직을 선다. 선장은 따로 당직을 서지는 않지만 24시간 대기조나 다름없다.

선수 방향에 작은 배 한 척이 보인 것은 바로 그때였다.

갑판원이 2항사에게 바로 보고했다. 항로 표시며 항해 장비를 관리하는 것이 2항사의 몫이었다.

—선수 어느 쪽이야.

2항사가 물었다.

—좌현 4점 방향 10마일 거리에 있습니다.

갑판원이 말했다. 2항사는 얼른 브리지로 나가 쌍안경을 들었다. 갑판원이 가리키는 쪽에 작은 배 한 척이 파도에 불쑥 올라갔다 내려갔다 하는 게 보였다. 2항사가 즉시 선장에게 보고했다.

—고깃배 같은데요?

선장은 바둑판을 물리고 쌍안경으로 선수 쪽을 살폈다.

—보트피플이군.

선장이 말했다. 고깃배라면 그렇게 작은 배가 남중국해까지 나올 리가 없었다. 작년에 보트피플을 구조해 왔다가 곤욕을 치른 애플 블라썸호의 선장 이야기가 떠올라 직감적으로 알아차린 것이었다.

월남이 패망한 지 10년이 다 됐지만 공산화된 조국을 등진 보트피플은 끊이지 않았다. 그들은 조악한 뗏목과 보트를 이용해 무작정 탈출했다. 배가 침몰하거나, 해적에게 가진 것을 몽땅 빼앗기고 살해되거나, 부녀자들은 강간을 당하기도 했다. 처음에는 그들을 인도주의적으로 받아들였던 국제사회도 차츰 등을 돌리고 있었다.

─아이고, 저놈아들을 우짜노.

선장이 탄식했다. 해면은 이미 어둠이 깔리기 시작했다. 곧 폭풍이 올 조짐이었다. 본능적으로 구조해야 한다는 생각과 보트피플을 보면 외면하라던 회사의 지시가 동시에 떠올랐다. 도망쳐 나온 자신이 아니라 미군에게 붙잡힌 친구들이 되레 선물을 받고 희희낙락하던 간밤의 꿈 해몽을 어찌해야 할까. 선장은 손목시계를 수북이 덮은 손등 위의 털을 훅 불고는 시계를 보았다. 오후 6시가 넘어가고 있다.

─몇 사람이나 되는고?

선장은 싱가포르항에서 구입한 주부식을 어림해보았다. 혹시 식량이나 식수나 기름 같은 게 부족해서 도움을 요청하는 수도 있다니까.

─가까이 가보지 뭐.

선장은 혼잣말을 했다. 만약 그런 경우라면 그들에게
필요한 것을 채워주고 떠나오면 될 일이었다. 그렇게 되면
굳이 회사의 명령을 거역하지 않고도 마음의 짐을 덜 수
있을 터였다.

영광87호는 작은 배 가까이 속력을 늦추어 다가갔다.
풍랑에 흔들리던 작은 배 위에서 다가오는 하얀 배를 발견
한 난민들이 옷을 벗어서 미친 듯이 흔들어댔다. 삶을 향
한 필사적인 절규였다. 선원들은 갑판 위에 나와서 그들을
내려다보며 손을 흔들어주었다.

—와! 어떻게 저 작은 배로 이 망망대해까지 나왔을까.

—구조해달라고 난린데요?

—큰일이네 저거.

선원들이 중구난방으로 떠들었다.

—한 열댓 명쯤 돼 보이제.

선장이 말했다.

—예.

3항사였다.

—그 정도면.

선장은 혼잣말을 했다.

영광87호가 일엽편주 같은 작은 배를 스쳐 지나가는 동
안 선장은 마음이 다급해졌다. 급히 사관들을 선장실로 불

러 모았다. 1항사, 기관장, 2항사, 1기관사, 선장의 비서 격인 3항사가 모였다. 긴급회의였다.

―우리가 그냥 지나치면 저 사람들은 다 죽을 기 뻔한데 우짜믄 좋겠소.

선장의 목소리는 침통했다.

―선장님, 모른 척하입시다. 작년에 태화상선 애플 블라썸호가 난민 45명을 델꼬 왔다가 시껍했다 안 합디까.

기관장이 불만스러운 표정을 드러냈다.

―선장이 카톨릭 신자라던데 안기부 끌려가서 심하게 맞고 블랙리스트에 올라가 배도 못 탄다던데예.

1항사는 초조한 표정을 숨기지 못했다.

―델꼬 가면 내가 죽겠지요. 생계가 끊길지도 모르고.

선장이 말했다.

―마음은 아프지만 우짜겠습니까. 본사 지시대로 하입시다.

기관장이었다.

―아입니다. 선장님, 사람이 죽어가는 걸 보고 우째 그냥 갑니까. 불쌍하니까 델꼬 가입시다.

3항사는 숫제 울상이었다.

―맞습니다. 해전을 해도 적군이 표류하면 우선에 살리고 보는 법인데. 저 사람들은 적군이 아이고 난민입니다.

죽을 거 뻔히 알면서 냅두고 가는 건 비겁한 거 아입니까. 우째 두 발 뻗고 자겠습니까.

2항사였다. 마산이 고향인 그는 베트남전에 참전했다.

―차암 나, 우리 배가 무슨 적십자사 구조선이요? 우리는 회사에 고용된 선원이라고요. 회사 지시를 따라야지요. 구조해 갔다가 무슨 봉변을 당할라고 그러십니까. 우리는 목돈을 벌러 왔지 선장님의 인도주의를 실천하러 온 게 아입니다.

초조하게 선장의 표정을 살피던 1항사는 이제 노골적으로 반대했다. 그는 이번 항해가 끝나면 선장 진급이 예정돼 있었다. 공연히 문제를 일으켜 진급에 지장이 생길까 봐 전전긍긍했다.

회의를 하는 동안 속력을 전속에서 중속으로 바꾸었지만 영광87호는 작은 목선에서 점점 멀어지고 있었다. 하얀 배가 멀어져가는 것을 보면서 갑판 위에 털썩 주저앉던 한 사내의 절망스런 몸짓이 선장의 눈에 잔상이 되어 밟혔다. 회의는 20분 남짓 만에 끝났지만 선장에게는 마치 20시간이나 되는 듯 길게 느껴졌다. 재떨이에는 선장이 피운 담배꽁초가 작은 산처럼 수북이 쌓였다.

선장이 말했다.

―일단 배를 돌려서 가까이 가봅시다. 필요한 물품이라

도 내려주고 가지 뭐.

선장은 그렇게 마음을 추슬렀다. 2항사가 배를 돌렸다. 450톤급의 영광87호가 지나쳐 가버렸다가 다시 돌아오는 것을 보고 작은 배에서는 일대 소란이 일어났다. 난민들은 함성을 질렀다. 갑판 위에 선 선원들이 작은 목선을 향해 흔드는 손길이 깃발처럼 나부꼈다.

2항사는 배를 멈추어 목선에 바짝 붙였다. 난민들은 흥분을 감추지 못했다. 그들은 선원들을 향해 수신호나 간단한 영어로 의사소통을 시도했지만, 정확히 전달되지는 않았다. 파도가 거칠어서 작은 배가 흔들렸으므로 난민들은 서 있기조차 힘든 상황이었다. 일어서서 벗은 옷을 흔들던 중년 남자가 옆에 선 뿔테 안경을 쓴 30대의 젊은이에게 귓속말을 했다. 그러자 뿔테 안경이 배 위를 올려다보며 큰 소리로 물었다. 유창한 영어발음으로 어느 나라 배인지 물었다.

뿔테 안경은 초조하게 대답을 기다렸다. 하지만 파도 소리에 묻힌 탓인지 선원들의 대답이 들리지 않았다. 그는 다시 다른 식으로 물었다.

—타이완? 차이니즈? 코리아?

그제야 갑판 난간에서 목선을 내려다보고 선 선원들이 들뜬 목소리로 고함을 질렀다. 누가 먼저랄 것도 없었다.

─코리아. 위 아 코리안!

뽈테 안경의 얼굴에는 감격과 불안이 교차하고 있었다. 그는 선원들이 한국 사람이라고 소리치는 것을 듣고서도 여전히 안심하지 못했다. 긴장으로 팽팽해진 얼굴이 선원들을 올려다보았다.

─노스 코리아? 사우스 코리아?

선원들은 사내가 두려워하는 것이 무엇인지 단박에 알아차렸다. 그들은 공산화된 베트남을 탈출한 사람들이었다. 구조되는 건 천만다행이지만 북한 배라면 그리 달갑지 않을 것이었다. 선원들은 사내가 긴장을 풀지 못하는 이유를 눈치채었다. 그들은 뽈테 안경의 조바심을 빼앗아버릴 명확한 대답을 갖고 있었다. 선원들은 작은 배 위에 서서 파도에 흔들리는 이 고독한 사내를 내려다보았다. 그들은 합창하듯이 동시에 소리를 질렀다.

─사우스 코리아, 사우스 코리아.

비로소 사내의 얼굴에 커튼처럼 무겁게 드리워졌던 불안의 그림자가 일시에 걷혔다.

─깜사합니다. 깜사합니다. 아이고 깜사합니다.

베트남 사람이 '아이고', 라는 감탄사를 그리 능청스럽게 쓸 거라고 미처 생각지도 못한 선원들이 와르르 웃음을 터뜨렸다.

뿔테 안경은 옆에 있던 동료들에게 베트남말로 남한 배라고 전달했다. 난민들이 일제히 탄성을 질렀다. 영광87호의 선원들도 난민들의 환호와 흥분에 서서히 물들어갔다. 선장은 작은 배를 내려다보며 배를 더 가까이 대라고 소리쳤다. 작은 배는 기관 고장이 나서 더 이상 움직일 수가 없었다. 영광87호가 작은 배에 바짝 다가갈 수밖에 없었다. 갑판장은 배의 옆면에 묶인 밧줄 사다리를 풀어서 늘어뜨렸다. 난민 청년들이 서둘러 사다리를 붙잡아 작은 배의 선수 쪽에 고정시켰다. 이미 어둠이 깔린 검은 바다에는 영광87호에서 밝힌 조명등만이 환하게 비치고 있었다.

선장은 1항사와 2항사를 내려 보냈다. 기관이 고장난 배 바닥에는 물이 차오르고 있었다. 갑판 위에 있던 난민들은 거의 기진한 상태였다. 어디선가 밥 타는 냄새가 심하게 났다. 머리에 비니를 쓴 중년 여인이 그 와중에도 탄내가 심하게 나는 3층 밥을 퍼서 사람들에게 조금씩 나누어주고 있던 참이었다. 곧 해가 지고 폭풍이 몰려올 것이었다. 그대로 두면 그들이 어떻게 되었을지 불 보듯이 뻔했다. 꺼지기 직전의 촛불 같은 생명들이었다. 필요한 물품이나 내려주고 가겠다던 게 얼마나 안이한 생각이었던가. 선장은 간밤의 꿈을 떠올리며 구조가 자신의 운명이라고 판단했다.

—책임은 내가 다 질 테니까 빨리 저 사람들을 끌어올리시오.

선장은 작은 배를 내려다보고 선 선원들을 향해 말했다. 그의 목소리는 단호했다.

작은 배 안은 이미 벌집을 쑤셔놓은 듯이 소란스러웠다. 아이를 부르는 소리, 짐을 건네주고 받는 소리, 작은 목선의 선창에 있던 사람들이 하나둘, 갑판 위로 나오는 바람에 갑자기 불어난 사람들을 보고 아이들이 놀라서 울음을 터뜨리는 소리들로 시끌벅적했다. 게다가 선원들까지 아래를 내려다보며 빨리 사다리를 올라오라고 중구난방으로 재촉했다. 선장이 다급하게 목소리를 높였다.

—아이와 여성들을 먼저 태우세요.

청년들 몇이 어린아이를 데리고 온 가족들을 맨 앞으로 줄 세웠다. 그들은 질서를 지키며 침착하게 기다렸다. 1항사와 2항사가 아이와 여성들부터 먼저 끌어올리기 시작했다.

맨 먼저 아이들이, 그다음에 임신한 여성이 올라왔다. 사다리를 오를 힘도 남아 있을 것 같지 않은 그녀는 1항사와 2항사가 부축을 해서 겨우 올라갔다. 선장과 선원들은 갑판 위로 올라온 그녀가 곧 출산이 임박한 임산부라는 사실을 알고 놀란 입을 다물지 못했다. 그런 몸으로 어떻게 저 작은 배에서 견딜 수 있었을지 짐작이 되지 않았다. 선원들은 임산부를 각별히 보호했다. 그들은 바람을 피할 수 있는 곳으로 그녀를 데리고 가 안정을 취하게 했다.

태어난 지 석 달밖에 되지 않은 갓난아기를 안은 여성도 있었다. 그녀는 얼굴을 수건으로 감싸고 간신히 사다리를 올랐다. 갑판장이 조심스럽게 갓난아기를 받아 안았고 갑판원 김은수가 아기엄마의 손을 잡아 끌어올렸다. 이어서 남자들이 올라왔다. 갑판 위에 있던 열댓 명 남짓한 인원이 전부일 거라고 짐작한 건 큰 오산이었다. 갑판 밑 선창에 사람들이 시루에 박힌 콩나물처럼 빽빽이 들어앉아 있었다. 비좁은 선창에서 맨 아래에 아빠가 앉고 그 위에 엄마가, 엄마의 무릎 위에 아이가 앉는 식으로 대부분 3층을 짓고 있었다. 얼마나 포개어 앉았던지 살갗이 닿아 살이 짓물러 욕창이 생긴 건 말할 것도 없고 기관 고장으로 바닥엔 물이 차오르고 있었다. 이 믿을 수 없는 처참한 광경 앞에 선원들은 할 말을 잃었다. 난민들을 외면하자고 했던 1항사는 잔뜩 부어 있던 얼굴을 풀고 언제 그랬냐는 듯이 사다리 위로 난민들을 끌어올리는 일에 혼신의 힘을 다하고 있었다. 선장이 그 모습을 흐뭇하면서도 안타까운 눈으로 내려다보았다.

선원들은 바로 눈앞에서 일어난 일을 보고도 도무지 믿

기지 않았다.

갑판원 김은수는 사다리를 타고 올라오는 사람들의 손을 잡아 끌어올렸다. 서른 명쯤 세다 숫자를 놓쳤는데 그러고도 사람들은 끝도 없이 올라왔다. 어느 순간 그는 어떤 기시감을 느꼈다. 마치 낚싯바늘에 걸린 참치를 끌어올릴 때와 비슷한 전율이었다.

마지막 한 사람까지 올려 보내고, 1항사와 2항사는 작은 배를 버리고 하얀 배 위로 올라왔다. 구조 작업은 무려 2시간이나 넘게 걸려 끝났다. 바다는 이미 어둠에 잠겨 깜깜해진 지 오래였다. 갑판 위는 야간 조업 때처럼 조명등을 밝혀두어 대낮처럼 환했다. 갑판 위에서 내려다본 작은 배는 서서히 가라앉고 있었다. 여성들 몇몇은 자신들이 타고 온 작은 배가 바다 밑으로 가라앉는 것을 내려다보며 눈물지었다.

난민들은 서로 얼싸안고 울었다. 미친 듯이 기쁨의 함성을 지르는 사람도 있었다. 그들은 눈물범벅인 채로 아무 선원이나 붙들고 '캄사함미다', '고맙습미다'를 연발했다. 선원들도 그들의 기쁨에 감염된 듯 연방 웃음을 터뜨리며 그들의 어깨를 토닥거렸다. 함께 둘러서서 만세 삼창을 하는 사람들도 있었다. 구조한 자와 구조받은 자가 오직 한마음으로 어울렸다. 생명의 함성이 어두운 밤바다 멀리 퍼져나갔다.

선장이 갑판원들에게 인원수를 세어달라고 부탁했다. 회사에 보고를 해야 할 터였다. 갑판원들이 갑판 위에 난민들을 나란히 앉히고 숫자를 세고 있었다. 김은수는 아이들이 갑판 위 이쪽저쪽을 뛰어다니는 바람에 몇 번이나 숫자를 놓쳤다. 그는 손바닥으로 이마를 쳤다.

―와, 졌다 졌어.

갑판원 김정도가 머리를 절레절레 흔들더니 무언가 생각난 듯이 선실로 뛰어갔다. 그가 가지고 나온 것은 가족들에게 줄 선물로 사둔 초콜릿이었다.

―쪼코렛, 쪼코렛.

아이들이 알아듣고, 재잘거리며 김정도 앞에 나란히 앉았다. 그는 초콜릿 봉지를 뜯어서 아이들에게 한 조각씩 나누어주었다. 아이들이 초콜릿을 받아먹으려고 모여 앉자 비로소 어른들까지 인원수 세기가 가능해졌다.

―임신한 부인은 1.5로 쳐야지?

김은수가 말했다.

―선장님, 그러면 모두 96.5명입니다.

―선장님, 참치 만선보다 이 사람들을 갑판 위에 그득하게 실은 기 더 만선 아입니까?

김은수가 검게 그을린 얼굴에 백파 같은 하얀 이를 드

러내고 웃었다.

—그래 니 말이 맞다. 이기 진짜 만선인지도 모르지.

선장이 말했다.

그들은 인도양에서 참치잡이 만선을 하고 돌아가던 길이었다. 갑판을 가득 채운 참치를 보면서 기뻐하던 순간이 바로 엊그제 일인데 이번에는 참치가 아니고 사람이었다. 표류하던 작은 배에서 구출한 저 생명들이야말로 참치와는 비교할 수도 없는 만선이 아닌가. 선장은 어창에 참치가 가득 차던 순간과는 또 다른 희열을 느꼈다.

—내가 죽더라도 저 많은 생명을 살렸으니 됐지 뭐.

그는 오로지 만선의 기쁨만을 생각하고 싶었다. 그것은 어떤 항해에서도 맛보지 못한 근사한 순간이었다.

선장은 손등의 털을 훅 불어 날리고 시계를 보았다. 회사에 전문을 보내야 했다. 남중국해에서 96명의 베트남 난민을 구조했다고 통신장에게 전문을 보내도록 했다. 잠시 후 통신장이 다급히 선장을 찾았다. 선장은 브리지로 올라가 통신기를 건네받았다.

—배용학 선장님, 난민들을 절대로 델꼬 오면 안 됩니다. 부산항에는 참치하고 선원들만 들어오셔야 합니다.

통신기 소리가 삐빅거리다 끊어졌다. 선장의 얼굴에서 일순간 웃음기가 싹 가셨다. 너무 짧은 기쁨이었던가. 예상 못 한 건 아니었지만 선장의 마음은 순식간에 먹구름으로 덮여버렸다. 선장은 끊어진 통신기 버튼을 눌렀다. 다시 무전기가 연결되었다.

—선원이 해상에서 인명을 구조하는 건 의무사항 아입니까.

—배 선장님, 이건 경우가 다르잖습니까. 정부 방침이 이미 하달됐습니다.

—뭐가 다릅니까. 짐승도 아이고 사람이 죽게 생겼는데 구하는 게 도리고 양심 아입니까.

선장은 통신기에 대고 또박또박 반박했다. 그것은 자신에게 하는 다짐이기도 했다.

—상부 지십니다. 제발 골치 아프게 하지 마세요 쫌. 어쨌든 상부에는 그렇게 전달하겠습니다만 그다음 일은 각오하셔야 합니다.

교신이 끊겼다. 각오하는 것도 상부 지시라면 이미 각오는 단단히 하고 있었다. 그는 갑판으로 나가 김은수에게 말했다.

—사람을 우째 반으로 치노. 97명이라는 기 맞겠네.

선장의 말에 선원들이 고개를 끄덕였다.

갑자기 바빠진 곳은 조리실이었다. 난민들에게 제일 시

급한 것은 무엇보다 한 끼의 식사였다. 조리장은 김이 물씬 나는 큰 솥 두 개에 쌀가루와 전지분유를 풀어 넣고 끓인 타락죽과 참치를 넣고 끓인 생선죽을 따로 내왔다. 오랜 항해로 소화 기능이 약해졌을 난민들을 위한 조리장의 배려였다. 아이들은 손가락으로 죽 솥을 가리키며 엄마에게 얼른 먹게 해달라고 보챘다. 여성들은 재빨리 선원들의 일손을 도와 죽을 그릇에 담기 시작했다. 아이들에게는 타락죽이, 어른들에게는 생선죽이 제공되었다.

—어머나 생선죽이네 생선죽. 정말 맛있어요.

여기저기서 감탄사가 터져 나왔다.

선장은 바쁘게 통신실과 갑판 위를 오갔다. 난민들을 안심시키기 위해 웃음을 잃지 않았지만 회사의 지시가 마음에 걸릴 때마다 순간적으로 수심에 잠기곤 했다.

—쌀은 조금뿐이지만 참치와 김치는 아직 넉넉하니까 많이 드세요.

—이만해도 정말 과분합니다. 감사합니다. 감사합니다.

여성들은 연신 고마운 마음을 표현했다. 며칠 동안 음식도 제대로 먹지 못하고 물탱크에 기름이 새어드는 바람에 기름물을 먹었다는 그들은 죽 한 그릇을 달게 먹었다. 그 모습을 선원들이 흐뭇하게 바라보았다.

—이름이 뭡니까?

선장은 죽 그릇을 깨끗이 비운 뿔테 안경에게 다가가 영어로 말했다.

―웅웨이 누엔입니다.

누엔도 영어로 대답했다.

―선장님 성함은요?

―저는 배용학입니다.

누엔은 선장의 이름을 한 자 한 자 가슴에 새기듯이 또박또박 발음해보았다.

―참 훌륭한 이름이네요.

―바다에서 며칠간이나 표류한 겁니까.

―일주일이나 됐습니다. 그냥 지나가 버린 배가 백 척이나 돼요. 눈길조차 주지 않더군요. 체념한 사람들도 있었지만 다들 구조될 거라고 믿고 있었습니다. 영광87호 선장님과 선원들은 저희들 생명의 은인입니다. 죽을 때까지 이 은혜를 잊지 않겠습니다. 정말 감사합니다.

누엔이 기어이 눈물을 훔쳤다. 누엔의 영어를 제대로 알아듣지 못한 난민들도 덩달아 눈물을 흘렸다. 선장은 이 영민해 보이는 사내의 어깨를 토닥거렸다.

선원들은 서둘러 갑판 위에 천막을 쳤다. 2층 침대 두 개가 놓인 선원들의 선실 몇 개를 비워서 아이들과 여성들의 잠자리를 마련했다. 서너 명의 여성과 아이들을 선실

한 칸에 들어갈 수 있도록 하고 그다음에는 가족 단위로 순서를 정해 들어가도록 했다. 간부 선원들 방에도 연로한 난민들 두세 명이 배정되었다. 나머지 남성들은 텐트를 친 갑판 위에서 기거할 수밖에 없었다.

선장은 선원들을 식당으로 불러 모았다.

—우리 배는 96명이나 되는 난민들을 손님으로 맞이했습니다. 주인이 손님에게 예의를 다하는 건 당연한 일이지요. 난민이라고 해서 함부로 대해서는 안 됩니다. 특히 여자들 숙소 근처에는 얼씬도 하지 마세요.

선장이 눈을 크게 떠 보이자 선원들이 일제히 폭소를 터뜨렸다.

—웃을 일이 아닙니다. 어떤 불상사도 생기면 안 됩니다. 우리는 저 손님들을 부산항에 하선할 때까지 안전하게 모셔야 합니다. 절대로 금품을 요구해서는 안 되고, 혹 선의로 사례하겠다고 뭘 준다고 해도 절대로 받아서는 안 됩니다. 만약 적발되면 하선 조치하겠습니다.

선장의 표정은 단호했다.

다음 날 새벽 조리실에서는 120명분의 식사 준비를 하느라 조리장과 선원들 몇 명이 달라붙었다. 부산항에 도착하려면 보름은 걸릴 터였다. 싱가포르항에서 선원 25명이 보름 동안 항해할 주부식을 넉넉히 실었지만 96명이란 인원이 갑자기 늘어난 상황이었다. 하루 두 끼 먹기도 힘든 양이었다. 게다가 일손도 딸렸다. 선장은 누엔에게 일손을 청했다. 다음 날 아침부터 베트남 여성 세 명이 식당일을 도와주러 왔다. 아침 먹으면 한나절이 지나갔고 다 먹고 나면 또 곧바로 저녁 준비를 해야 했다. 저녁 식사가 끝나면 어느새 밤이 깊었다. 조리장은 자신이 마치 군대 취사병 시절로 되돌아간 것 같았다. 그도 제대하자마자 배를 탄 초짜 선원이었다. 파도칠 때는 밥물을 잘 못 맞추어서 죽밥이나 꼬두밥을 만들기 일쑤였다. 이기 사람 먹으라고 만든 밥이가, 하고 1항사가 숟가락으로 밥그릇을 두드려 댈 땐, 정말이지 바닷물 속으로 확 뛰어들고 싶었다.

구조되던 날 먹은 참치죽 때문에 배탈이 난 사람이 많았다. 작은 배에 갇혀 지내면서 심한 스트레스로 탈진한 탓에 모처럼 먹은 음식이 장탈을 일으킨 것이었다. 선원들은 설사가 심한 사람들에게 정로환을 나누어주었다. 조리장은 환자들을 위해 쌀로 흰죽을 따로 끓였다. 사흘 동안 선실 안에서 꼼짝없이 누워 지내면서 흰죽을 먹고 일어난 여성도 있었다. 여성들은 난민선에서 막 구조되었을 때만 해도 도무지 여자란 생각이 들지 않을 정도였다. 작은 배가 파도에 휘말려 침수될 때에 물과 기름을 뒤집어쓴 데다 못 먹고 못 입어 마치 노숙자 같았다. 구조된 뒤에 샤워를 하고 선원들이 선물한 새 옷을 갈아입고 나오자 영판 딴 사람이었다. 옷이 날개란 말이 실감났다. 하지만 그나마도 여분이 많지 않아 어떤 여성들은 남성복 중에서 색상과 치수가 대충 맞는 옷을 골라 입어야 했다. 바짓단이나 팔을 걷어 입은 모습이 우스꽝스러워 자기들끼리 깔깔거렸다. 새 옷은 선원들이 싱가포르항에서 가족이나 지인들에게 줄 선물로 구입해 가던 것들이었다. 기다리는 사람들에겐 안됐지만 여벌옷이 없는 베트남 여성들의 사정이 더 딱했다. 선원들은 기꺼이 새 옷을 베트남 여성들에게 양보했다. 조리장도 여동생에게 주려고 산 검정색 저지 원피스와 카디건을 내주었다.

보름 동안 한 배에서 남녀가 밤낮을 함께 생활하다 보면 무슨 일이 일어날지 알 수 없었다. 대부분 3, 40대의 건장한 남성들인데다 초보 선원들은 피 끓는 이십 대였다. 선장은 그 때문에 각별히 신경을 곤두세우고 있었다. 난민들은 선원들에게 공손했지만 경계심을 늦추지는 않았다. 처음에는 한밤중에 난민 남성들이 자체적으로 두세 명씩 조를 짜서 여성들이 묵는 선실 앞에서 보초를 서기까지 했다.

그날 밤, 보름달이 밤바다를 환하게 비추고 있었다. 바

람 한 점 물결 한 점 없었다. 그런 바다를 선원들은 장판
선 바다라고 불렀다. 자칫 땅으로 착각하고 무심코 발을
내디뎠다가는 빠져버릴 수도 있는, 세이렌의 노래처럼 아
름답고도 위험한 바다였다.

선장은 브리지에서 먼눈으로 달빛 비치는 밤바다를 내
려다보며 담배를 피웠다. 낮에 온 본사의 무전 내용을 다
시금 곱씹었다. 난민들을 무인도에 데려가서 하선시키든
지 아니면 뗏목에 태워서 바다로 보내고 선원들만 귀항하
라는 지시였다. 명령을 따르지 않을 시에는 해고라고. 게
다가 선원들의 조업에 대한 보합도 없으며 부산항 도착 즉
시 안기부에 끌려가 문책을 당할 거라고 했다. 선장은 담
배 연기를 길게 내뿜었다. 그토록 아름다운 장판 선 바다
의 달밤도 그에겐 아무런 위로가 되지 못했다.

* * *

다음 날 아침이었다. 조업이 이미 끝난 갑판 위에서 무
언가 새로운 작업이 진행되고 있었다. 갑판장과 갑판원들
은 선장의 지시로 드럼통과 나무판자를 엮어서 뗏목을 만
들고 있었다. 선장은 브리지에서 갑판을 내려다보고 있었
다. 본사의 끊임없는 회유와 협박 때문에 그는 하는 수 없

이 난민들을 뗏목에 태워 바다로 보내기로 결정했다. 하지만 브리지에서 선원들이 뗏목을 만드는 것을 내려다보고 있자니 자신이 그렇게 한심스러울 수가 없었다.

늦가을 바닷물은 코발트 빛으로 깊어가고 있었다. 곧 추위가 닥칠 것이었다. 그는 먼바다를 보았다. 아침마다 새벽 5시만 되면 라디오 시조창을 듣던 아버지 생각이 났다. 세상천지 만물 중에 사람밖에 더 있느냐로 시작되던 회심곡. 아버지의 18번 시조창이었다. 그랬다. 저들은 사람이었다. 그대로 두었으면 풍랑에 휩쓸려 죽었을 생명을 살려 왔는데 도로 버리고 오라니. 그런 말도 안 되는 명령을 받들어 선원들에게 뗏목을 만들라고 지시한 나는 얼마나 한심한 인간인가. 저들이 내 부모 형제라면, 내 자식이라면 어땠을까. 그래도 뗏목을 만들었을까.

갑판 위에 자리를 잡고 있던 난민들도 무언가 이상한 낌새를 눈치챈 듯했다. 누엔은 긴장한 표정으로 난민들과 귓속말을 하고 있었다. 그들은 갑판 위에서 이루어지고 있는 작업이 무엇을 의미하는지 알 수 없어서 불안에 떨었다.

선장은 브리지를 나와 담배꽁초를 코발트 빛 바다로 힘껏 던졌다. 꽁무니에 빨간 불을 매단 담배꽁초는 포물선을 그리며 바다 멀리 떨어졌다. 그는 서둘러 갑판으로 내려갔다.

―갑판장, 뗏목 만드는 거 중단하고 해체하시오. 내가 생각을 잘못했소.

갑판장이 반색을 했다.

―맞습니다 선장님, 그냥 부산항까지 같이 가입시다. 델꼬 갔는데 저거들이 우짜겠습니까.

―선장님 그라입시다.

갑판원 김은수도 거들었다. 선장이 김은수의 어깨를 두어 번 두드렸다. 선장은 통신장에게 다시 전문을 보내도록 지시했다.

―난민 96명 구출하여 전원 부산항에 입항합니다. 해상에서 인명을 구조하는 것은 선원의 의무입니다. 난민들을 버리고 오라는 본사의 지시는 부당하므로 따를 수 없습니다. 대가는 달게 받겠습니다. 1985년 11월 20일 영광87호 선장 배용학.

마지막 전문이었다. 이제 더 이상 갈등은 없을 것이었다. 하지만 교전기가 울릴 때마다 저 홀로 적막해지는 자신의 마음까지는 스스로도 어찌하지 못했다.

작가의 말

　두 번째 소설집을 묶는 동안 자주 부끄러움을 느꼈다. 그동안 쓴 글의 소출이 형편없기도 했지만, 무엇보다 스스로의 무능과 게으름을 공개적으로 드러내는 데에 용기가 필요했기 때문이었다. 「빈집」 이후 근근이 발표한 작품들 중에서 7편을 골라 퇴고를 하는 과정도 만만찮았다. 발표할 당시와는 달리, 시대가 특정되지 않아 모호해진 작품을 갈아엎을 때는 눈앞이 아득했다. 풀어봐야 그저 땟국물 흐르는 옷가지뿐인 거지보따리를 끌어안고 산 건 아닌가 하고 자조하면서 한없이 움츠러들었다. 한때 소설 쓰기가 사치가 아닌가 하고 주눅 들고 쭈뼛거리던 시기도 있었다. 그때를 생각하면 내게 주어진 이 정도의 삶마저도 잃지 않을까 두렵다. 내게는 글을 쓰지 않는다는 게 통증을 못 느낀다는 말과 동의어이기 때문이다.

　'선천성 통증 무감각증'이란 병이 있다고 한다. 희귀병 중의 하나다. 통증을 느끼지 못한다면 편할 것 같지만 그야말로 심각한 일이다. 못에 찔리거나 불에 데어도 감각이 없다면 위험을 알아채지 못한다. 그 때문에 이 병에 걸리면 보통은 25세를 넘기지 못하고 죽는단다. 통증 자체는 고통스럽지만 통증을 느낄 때라야만 비로소 그 원인을 되짚어가고 거기서 벗어날 노력을 하게 될 테니까.

소설가란 어쩌면 태어날 때부터 남보다 통증을 좀 더 예민하게 느끼는 '선천성 통증 과대 감각증'(이런 병이 있는지는 모르겠지만) 환자들인지도 모르겠다. 자신은 물론이고 타인의 고통마저 그냥 지나치지 못하고 제 삶과 건강을 통째로 갈아서 글을 쓰는 작자들 말이다. 그것은 사랑 없이는 도저히 불가능한 일이다. 사랑 또한 극심한 통증 끝에 서는 일이겠기에. 누구도 두 연인이 만나서 진저리나도록 치대다가 헤어지는 그 전 과정을 두고 사랑이라고 말하진 않는다. 통증 앞에 무방비한 시간. 냄비 속의 물이 팔팔 끓기 시작해서 4분이면 달걀이 푹 익듯이 사랑도 딱 그만큼의 시간을 말하는 것이 아닐까. 그 나머지, 그 이후의 시간은 그저 연명이요, 잡지의 부록처럼 군더더기에 지나지 않는 것이니까. 「팔팔 끓고 나서 4분간」은 그런 마음으로 썼다. 「까마귀 길들이기」는 독일인 사진작가에게서 우연히 듣게 된 까마귀 키운 이야기가 모티프가 되었다. 전쟁 중이라 아무도 돌보지 않는 외로운 소년이 자신처럼 버려진 새끼 까마귀를 키우며 위로를 받았다는 이야기였다.

소년의 외로움이란 단어가 마음을 찔렀고 언젠가는 그 이야기를 소설로 써야겠다는 생각을 했었다. 소년의 외로움을 어떻게 전할까 하다가 부모 없이 할머니 손에 크는 한 소녀 화자를 설정해서 현재적 이야기로 끌어내어 써보았다. 「만선」의 경우는 1985년 베트남 난민을 구해 온 전재용 선장의 이야기다. 세월호 선장이 알다리로 도망치는 장면을 TV로 지켜보면서 받은 충격의 여파로 썼다는 게 맞겠다. 예전에 보았던 KBS 다큐멘터리 〈어떤 만남〉을 다시 찾아보았다. 여전히 눈물 없이 볼 수 없는 휴먼드라마였다. 그 당시 선원들을 취재하고 피터 누엔의 수기를 비롯한 유태환 님이 보내주신 여러 자료를 참고해서 장편으로 쓰던 중에 단편 청탁이 와서, 우선 주제 부분만 떼 단편으로 써보았다. 세상이 그래도 아름다운 것은 타인의 고통을 제 것처럼 여기는 전재용 선장님 같은 분들이 있기 때문이 아니겠는가. 그 아름다운 마음을 기억하고 독자들과 나누고 싶다. 모자란 글이지만 통증을 유발하는 책이 되길 은근 기대해본다. 산지니 출판부와 눈 밝고 진중한 편집자 이은주 님께 특별히 고마움을 전한다.

2019년 9월에

정우련

수록작품 발표지면

1. 「통증」 : 2014년 『좋은소설』 봄호
2. 「우리들」 : 2015년 『작가와사회』 봄호(발표 당시 「B여상 3-1반 낙엽전」)
3. 「까마귀 길들이기」 : 2011년 『작가와사회』 가을호
4. 「말레 언니」 : 2005년 『여기』 봄호
5. 「팔팔 끓고 나서 4분간」 : 2006년 『작가와사회』 가을호
6. 「처음이라는 매혹」 : 2019년 『작가와사회』 봄호
7. 「만선」 : 2017년 『좋은소설』 가을호

팔팔 끓고 나서 4분간

초판 1쇄 발행 2019년 9월 30일

지은이 정우련
펴낸이 강수걸
편집장 권경옥
편집 박정은 윤은미 이은주 강나래
디자인 권문경 조은비
펴낸곳 산지니
등록 2005년 2월 7일 제333-3370000251002005000001호
주소 부산시 해운대구 수영강변대로 140 BCC 613호
전화 051-504-7070 | 팩스 051-507-7543
홈페이지 www.sanzinibook.com
전자우편 sanzini@sanzinibook.com
블로그 http://sanzinibook.tistory.com

ⓒ 정우련
ISBN 978-89-6545-628-5 03810